# Después de Claude

# Después de Claude

Iris Owens

Traducción de Regina López Muñoz

MUÑECA INFINITA

Título original: *After Claude*
New York Review Books, 2010
Por acuerdo con The Wylie Agency

© Iris Owens, 1973

Primera edición en Muñeca Infinita: mayo de 2024

© Muñeca Rusa Editorial, S. L. U., 2024
Calle del Barco, 40, 3.º D ext.
28004 Madrid
editorial@munecainfinita.com
www.munecainfinita.com

© de la traducción: Regina López Muñoz, 2024

Diseño de colección: Juan Pablo Cambariere
Diseño de cubierta: Odio Studio
Maquetación: Carmen Itamad
Edición y corrección: Esther Aizpuru

ISBN: 978-84-128171-3-3
Código BIC: FA

Impresión: Kadmos

Depósito legal: M-10749-2024

Impreso en España

*A la memoria de mis padres*

Deseo dar las gracias a la dirección del hotel Chelsea por permitirme usar y describir el establecimiento con todas las libertades novelescas necesarias para los personajes y la trama de este libro. Desde hace mucho tiempo, el Chelsea es un refugio para toda una distinguida serie de gente creativa, pues apoya y promueve la expresión artística con una humanidad poco habitual en Nueva York, y en cualquier otra ciudad. Es digno de alabanza que el Chelsea no interfiera en dicha expresión, ni siquiera cuando se convierte en su víctima, y espero que sus residentes —pasados, presentes y futuros— sepan perdonar los excesos de mi narradora en relación con este celebrado símbolo neoyorquino.

IRIS OWENS

# 1

He dejado a Claude, la rata gabacha. Seis meses de veneración malgastados en él han sido más que suficiente. Lo he dejado a raíz de una pelea que tuvimos por culpa de un bodrio de película, una especie de versión comunista de la vida de Jesús, aunque yo de comunista —sea lo que sea eso— no le vi nada. Todo quisqui era pobre, sí, y la Virgen María no lucía una tiara de diamantes, pero aparte de eso no dejaba de ser el mismo engañabobos religioso de siempre sobre lo maravilloso que es haber vivido en la indigencia una vez que la palmas. Tardaban media hora larga en clavar a Jesús en una cruz de verdad, con estacas y un mazo, todo de madera, pam, pam, despacito y buena letra, de modo que a quien le interesase la quiromancia podía convertirse en la mayor autoridad mundial acerca de la buenaventura de Jesucristo. Luego, para que nadie pensara que estaba presenciando una crucifixión del montón, el cielo se ponía negro, caían rayos y truenos, y las tropas romanas, interpretadas por el aclamado equipo de fútbol de Yugoslavia, se revolvían sobre sus mantitas de pícnic, sopesando si jugársela o recoger el tinglado.

—¿Crees que tendrán que dejarlo para otro día? —le pregunté a mi novio francés dándole un codazo, y fue entonces cuando me di cuenta de que el muy zopenco estaba teniendo una revelación católica en toda regla.

Claude me fulminó con la mirada y en la penumbra de la sala de cine, oportunamente iluminada por los destellos de los relámpagos divinos que se sucedían en pantalla, capté una imagen estroboscópica de sus facciones: ojos de rana intensos y oscuros, un pelo muy negro, rizado y abundante como si le saliera gomaespuma de la cabeza, y por último sus labios carnosos sellados en un mohín de agravio. Claude tenía dos expresiones: esta, que acompañaba sus insondables malas pulgas, y la otra, ojos aletargados, boca relajada y abombada como si estuviese soplando unas velas invisibles, que era la cara con la que se levantaba y la que mantenía vigente casi todo el día.

Es posible que me contestara, pero cualquier intercambio humano quedó sofocado bajo el peso del trueno celestial que aniquiló simultáneamente tanto a Jesucristo como el sentido crítico del pasmado público. Las luces de la sala se encendieron y me encontré en medio de un pabellón de catatónicos.

—Gracias a Dios —exclamé mientras trastabillábamos hacia el pasillo—. Creía que el marica ese no se iba a morir nunca.

No podéis imaginar las miradas que recibí de aquella panda de víctimas conmocionadas. Claude, que tampoco estaba precisamente en su mejor momento, empujó la puerta con un movimiento atolondrado.

Salimos del cine junto con el resto de zombis y nos encaminamos al infierno del Upper West Side de Manhattan mientras yo no dejaba de preguntarme cómo había permitido que Claude me embaucara para adentrarme en territorio enemigo a cambio del privilegio de someterme a tan exquisita tortura. Hacía calor, un calor de verano neoyorquino, las calles sofocantes se cocían a presión formando una densa capa de grasa y cochambre, lo que me llevó a recordar lo mejor de la película, o sea, el fresco del interior de la sala. Me encendí el primer Marlboro que fumaba en tres horas, dado que el supuesto cine de arte y ensayo consideraba muy poco artístico fumar en cualquier zona que no fuese el gallinero, y Claude, no fumador, solo era feliz en la tercera fila del patio de butacas. Como *connoisseur* del mundo del cine consideraba un deber sentarse tan cerca de la pantalla como le permitieran los músculos del cuello.

—Chico —dije introduciendo el humo en mis necesitados pulmones—, está todo amañado, si no, el tío que inventó el aire acondicionado habría ganado ya un Oscar de la Academia.

—¿Por qué demonios no callas nunca? Es una lata llevarte a cualquier parte.

Por el tono de Claude entendí que había cometido algún crimen, aunque la única ofensa que se me ocurría era la de conservar la cordura durante aquella endecha interminable.

Claude, que había aprendido inglés en Inglaterra, hablaba con uno de esos acentos arrogantes y estirados metido con calzador dentro de un empalagoso deje francés, una mezcla desastrosa aderezada con algún que otro término bohemio estadounidense que lo hacía parecer un espía por cuenta propia asquerosamente rico. Me perdono no haberlo despreciado desde el primer momento porque, en primer lugar, no es mi estilo emitir juicios apresurados sobre las personas y, en segundo lugar, fue una suerte conocerlo en unas circunstancias que volvían atractivo a cualquier sujeto que no me pusiera una navaja en el pescuezo.

A nuestro alrededor, la nube de espectadores parecía estar saliendo del trance, porque un balbuceo escapaba de sus bocas, y en lugar de organizar un motín, en lugar de dar media vuelta y entrar de nuevo en el teatro y arrancar las hileras de butacas carcomidas por las polillas, solo había un coro griego alabando lo realista y lo hermoso que había sido su reciente calvario.

—Realista —bufé dirigiéndome a Claude—. ¿Por qué está el director tan convencido de que Jesucristo tenía acné y los dientes podridos? —Porque, creedme, con los primeros planos no había escatimado detalle ninguno.

—Cállate. Deja de llamar la atención. Es una vergüenza llevarte a cualquier parte.

—¿Se puede saber qué te pasa, Claude? ¿No podemos ir a ver una basura de película sin que te pongas histérico por la imagen que estoy dando?

Claude caminaba a paso ligero por delante de mí y yo prácticamente corría —y gritaba— para no perder el contacto con él. En un barrio normal habríamos levantado sospechas, pero allí la situación aparentaba ser un inocuo tirón de bolso.

—¡No corras tanto! —chillé cuando Claude alcanzó la esquina de Broadway con la Noventa y Cinco, porque no se cuenta entre mis fantasías predilectas que seis insurgentes musculosos me secuestren para hacerme interpretar a la Diosa Blanca en la trastienda del cuartel general de una guerrilla.

Claude esperó, aunque no necesariamente a mí. Escrutaba con nerviosismo las calles hostiles. Yo sabía que estaba en plena crisis porque dudaba entre gastarse tres dólares y pico en una carrera de taxi hasta el Village o arriesgarse a una expedición con apuñalamiento, atraco o ambas cosas en el metro, decisión que a un francés le exigía grandes dosis de autoanálisis.

—Decídete, amorcito —dije cuando lo alcancé—. ¿La bolsa o la vida?

Claude fingió no haberme oído, un acto de inteligencia masculina que nunca dejará de impresionarme, e hizo una seña a un taxi con el letrero de «fuera de servicio» encendido. Dado que saltaba a la vista que éramos un par de clientes deseables, sin críos, mascotas ni maletas, el taxi se detuvo en la esquina con un chirrido. Hasta el más tonto sabe que los taxis de Nueva York no dan marcha atrás, de modo que corrimos los cien metros que nos separaban del coche como un par de autoestopistas agradecidos. A continuación se produjo una breve pero minuciosa entrevista que puso en evidencia que íbamos todos en la misma dirección. El conductor taciturno desbloqueó la portezuela trasera y Claude me metió en el taxi de un empujón y con su acento de camarero churretoso procedió a dar unas indicaciones detalladísimas para llegar hasta nuestra morada en Morton Street, no fuera a ser —no quisiera Dios— que el muy bribón tomara la iniciativa y nos llevase por la fresca, extravagante y rápida autopista del West Side. Gastar diez centavos de más en un taxi era la idea que Claude tenía de morir en la hoguera. El taxista, con todo el odio de su corazón, pisó el acelerador y nos precipitamos Broadway abajo como si transportáramos una bolsa de plasma a una decapitación.

Entre el calor abrasador, la carrera angustiosa y la agonía del taxímetro que le iba chupando la sangre a Claude, nuestra noche podría haber tenido un plácido desenlace de silencio y pesadumbre, pero, siendo como soy el juguete de un dios pueril, me encontré no en el asqueroso montón de basura habitual sino en una cripta portátil. Nuestro chófer, un fanático de padre y muy señor mío, había engalanado tanto el salpicadero como el parabrisas con cristos coronados de espinas, Vírgenes plañideras, corazones asaeteados y sangrantes y un despliegue de flores azules de cera que nadie pondría ni en la tumba de su madre. Desperdigado entre el gore, hacía acto de presencia el álbum familiar, fotografías enmarcadas de un amplio surtido de retrasados mentales, tullidos sonrientes, tísicos y degenerados orgullosamente uniformados, todos ellos posando de frente con la mirada estática de los rehenes ante el pelotón de fusilamiento.

Como soy en esencia una persona desenfadada que trata de verle el lado cómico a este circo de engendros llamado vida, le arreé a Claude un codazo en las costillas y le pregunté:

—¿A quién crees que tiene enterrado este debajo del asiento?

—No le veo la gracia —contestó él, aún hosco en los estertores de su reciente exaltación religiosa.

Claude me negaba su perfil clásico, que él tendía a considerar como una obra de arte trasladada al otro lado del charco para enardecer a las hembras estadounidenses. Miraba por la ventanilla con los pesados párpados cayendo sobre sus ojos oscuros mientras las farolas y los faros de los otros coches se reflejaban fugazmente entre las rendijas estrechas de sus largas pestañas.

—No pretendía ser graciosa. Pretendía ser profunda y trágica, como esa peli tan profunda y trágica que te ha sorbido el seso.

Todo apuntaba a que no íbamos a enfrascarnos en un estimulante debate acerca de los motivos por los que ciertos directores merecen acabar en el paredón, de modo que me recosté en los cojines de plástico cuarteado y me encendí un Marlboro. Quién iba a pensar que no se podía fumar en un coche fúnebre. Con el primer indicio de humo, el taxista se dio la vuelta y me clavó sus ojillos maliciosos y enloquecidos.

—Señora, ¿no sabe usted leer los carteles?

Lo cierto es que no, pero, aun habiendo sabido, habría hecho falta ser una exploradora india para localizar un letrero en aquella jungla de reliquias. El hombre me echó una mano señalando un cartelito impreso grapado a su parasol que básicamente aludía a la dolencia del conductor y el diagnóstico de que se moriría por culpa del cigarrillo que tú fumabas. Sin embargo, lo que me disuadió realmente fue el tatuaje que lucía en el antebrazo recio y peludo y que yo, no sé cómo, había pasado por alto hasta entonces. Era una lápida azul flotando dentro de una cruz roja, con la leyenda «En memoria de mi querida madre» y, justo debajo, la fecha exacta en la que él la había asesinado. Huelga decir que no era mi intención ofender a nadie que padeciera semejante duelo perpetuo, así que tiré el cigarro por la ventanilla.

—Bien —comentó Claude con una risilla malvada.

Era el colmo, y sentí que mi divina paciencia se agotaba.

—¿Qué te pasa? —quise saber—. ¿Se puede saber por qué estás tan antipático esta noche? ¿Te he pedido yo que asistamos a este funeral? O, ya puestos, ¿te he pedido que fuéramos a ver esa película de maricas? Sí, de maricas —recalqué arrimándome a su perfil inflexible.

—Aparta —masculló—. Hace un calor tremendo y no puedo respirar con las obscenidades que me gritas a la cara.

—¿Que yo estoy gritando? ¿Que yo estoy siendo obscena? ¿Desde cuándo la palabra marica es una obscenidad? Ayer era tu palabra favorita.

Me sentía autorizada a decir aquello porque, según Claude, todo el mundo, con la posible excepción de sus héroes Mick Jagger y Mao Zedong, era marica.

—Puaj —añadí—. ¿Estás defendiendo la película? ¿A esa patulea de musculitos paseándose en albornoz y sobándose, y a ese chapero peludo con pintas de mono, Juan Bautista, con los ojos de loco haciendo chiribitas cuando ve a Jesucristo metiéndose todo coqueto en el río Jordán? En mi modesta opinión, Jesús tendría que haberse recogido el pelo ensortijado y haberse adentrado en el *sarong* cavernícola de Juan, chupa que te chupa. Así la peli habría sido más interesante para mi gusto, y también más realista.

Tengo que decir que Claude es uno de esos hombres que consideran que no responder es la respuesta más elocuente de todas. Su lema es: ¿qué necesidad hay de recurrir a las palabras cuando tienes cejas que levantar, labios que apretar y un abanico de tics faciales al más puro estilo Gregory Peck que expresan la inteligencia humana en su totalidad? Era tarea mía adivinar los significados precisos de aquella variedad de espasmos, una labor difícil en un salón bien iluminado pero pura esclavitud en el confinamiento de un taxi a oscuras. Y no es que a Claude no le chiflara el sonido de su propia voz. Que nadie me malinterprete. Era capaz de hablar durante horas, durante días, pero solo de temas meticulosamente seleccionados, tales como los platos que habían sido un chasco en su comida más reciente. Pero ¿debatir? ¿Conversar? ¿Intercambiar ideas? Eso jamás, y mucho menos con ese segmento de la población aquejado de daños cerebrales llamado mujeres.

—Hablando de mujeres —me arrimé un poco más para facilitar la interpretación de su semblante—, ¿qué te ha parecido la Virgen María? Estupenda, ¿no? Tan calladita, tan mohína, tan refinada. Sin presionar a Jesús para que se metiera a sacamuelas o hiciera algo de provecho. En realidad, ahora que lo pienso, ¿tenía alguna frase en el guion?

La réplica de Claude salió a través de sus dientes blancos, perfectos y apretados:

—Te he dicho que te apartes, joder.

Petición que fue declinada, no por mi voluntad sino por la del taxista, que dio un frenazo para evitar estrellarse con una furgoneta pusilánime que se había detenido en un semáforo en rojo. Salí disparada hacia el torso de Claude.

—¿Le puedes pedir a este maníaco que vaya un poco más despacio?

Claude me dedicó su putrefacta sonrisa, como insinuando que el taxista y él habían compartido un elixir de la inmortalidad, y se frotó con fastidio la pechera de la camisa, donde mi contacto lo había contaminado.

—Díselo tú. ¿A qué viene tanta timidez de pronto? ¿Soy yo la única persona a la que te tomas la libertad de chillar e insultar? —Claude, con los ojos pegados al taxímetro, tartamudeaba de cólera.

—¿Quién te está insultando? Mira tú qué interesante. Me tratas como a una leprosa y encima dices que yo te insulto a ti. El único insulto del que tengo constancia se lo ha llevado J. Cristo, suponiendo que no fuera un niño de mamá judío dispuesto a todo con tal de librarse de los *latkes* de patata de María. Claro que tenía un problema especialmente gordo, con la mujer cubriéndose la cabeza con mantas y jurándole que lo había concebido a través del oído. Sinceramente, Claude, si yo fuera católica, haría un piquete en el cine.

—Pero no eres católica, ¿a que no? —Me miró furioso—. Tú solo eres Harriet, la maravillosa Harriet con su bocaza judía.

A poco que rasques a un francés, sale a relucir el soldado de asalto alemán que lleva dentro.

—¡Judía! ¿Desde cuándo es judía mi boca?

Si hay una afrenta que me indigna es que se atribuyan mis poderes personales, buenos o malos, a un factor sobre el que no tengo ningún control. Si tan judía es mi boca, que alguien me explique, por favor, por qué mis judíos padres nunca han entendido ni una sola de las afirmaciones que han salido de ella. La única explicación posible es que me robaron a unos cosacos a una edad impresionable y que mis secuestradores judíos me adiestraron con maña para que sufriera frecuentes ardores estomacales y películas estúpidas.

Me obligué a hacer caso omiso del ataque irrelevante de Claude y concentrarme en la verdadera razón de que estuviera tan molesto. Porque sabía que estaba molesto. No había dedicado seis meses agotadores a satisfacer los apetitos sexuales de Claude sin hacerme una idea bastante clara de los estados de ánimo del pervertido en cuestión. Además, llevaba dos semanas rindiéndose a esas rabietas infantiles. Curiosamente, dos semanas era el periodo ininterrumpido más largo que Claude y yo habíamos pasado juntos, pues su trabajo como ayudante de dirección de un equipo de noticias de la televisión francesa lo obligaba a andar constantemente de acá para allá por todo el país. Aquello era una pista, pero ¿de qué? Me negaba a enfrentarme a la deprimente posibilidad de que dos semanas con la misma mujer creasen una amenaza sexual y emocional que Claude fuese incapaz de afrontar. La despreciable película parecía el único resquicio que me daba acceso al dilema de mi novio. Me dije que, una vez que llegáramos a un acuerdo sobre el filme, podríamos pasar a los problemas de verdad.

—Claude, cariño, no gastemos saliva en esa basura. Reconoce que te has aburrido tanto como yo. Porque, vamos a ver, dos horas largas gateando por el suelo, caminando trabajosamente y gruñendo deprimen hasta al más pintado. Todo el mundo mascullando y arrastrando los pies como un rebaño de yonquis. Y del baile de Salomé, ¿qué me dices? Todas las sectas religiosas están de acuerdo en que fue un baile sensual, pero don Auténtico está tan empecinado en dejar estupefacto a su público que encuentra a una niña regordeta de doce años que hasta el pederasta más chiflado despreciaría, la embute en un poncho de cartón, la pone a dar unos torpes pasitos de baile y el rey Herodes, obeso también, le pone en bandeja un manjar de sibarita, a saber, la cabeza de Juan Bautista. Una se pregunta si los pecados de los que despotricaba Jesucristo no tendrían que ver con comer en exceso. ¿Cabe pensar que el cristianismo no fue más que el tímido comienzo de *Weight Watchers*?

Claude, con los brazos muy apretados contra el pecho y cruzando las piernas enfundadas en unos vaqueros ceñidos blancos, dijo:

—No quiero comentar la película.

—No podemos estar más de acuerdo. Al carajo con la porquería esa. Reconoce que ha sido una tortura para que podamos hablar de nosotros.

Claude exhaló un suspiro.

—Deja ya de sufrir tanto —clamé—. Estás dejando el taxi perdido.

Una pequeña, terca y humana parte de mí necesitaba oír que Claude había aborrecido la película porque, creedme, no es ninguna alegría para una mujer de mi refinado gusto descubrir que convive con un zote.

Cerré los ojos mientras el taxi atravesaba a todo gas la calle Catorce, rozando casi un autobús. El taxista reaccionó como reaccionan todos los taxistas cuando cruzan la Catorce, o sea, como si acabasen de entrar en el averno. No podía estar más perdido ni más desorientado. En ese preciso momento Claude se vio ante la terrible posibilidad de que el taxímetro se duplicara de buenas a primeras y prácticamente apoyó la cabeza en el regazo del cretino para guiarlo por la Séptima Avenida hasta Bleecker Street como si estuviese atracando el Queen Mary. Nunca nos dejaban en la puerta porque eso implicaba dar la vuelta a una manzana entera. El taxi se detuvo con un temblor en la esquina de Bleecker con Morton mientras Claude calculaba sin resuello la propina del diez por ciento. El chófer dejó caer a regañadientes las monedas en la palma de la mano de Claude, una por una, sin que ni uno ni otro tuviera en cuenta mi prolongada exposición a la postración por calor. Concluida la transacción, Claude salió corriendo calle abajo sin esperarme. Fui tras él, preocupada ya por otros asuntos, como de qué manera me las arreglaría para llegar al último piso de nuestra casa sin que me viera la psicópata que ocupaba el apartamento de la planta baja y se pasaba los días y las noches acechándome con propósitos homicidas.

# 2

Durante mis seis meses de tráfago con Claude habíamos compartido su apartamento en el último piso de una casa tipo *brownstone* en Morton Street. Era un piso estupendo con dos habitaciones inmensas, cocina independiente, techos con vigas a la vista, parqué de verdad, una claraboya y una chimenea que funcionaba. Para que luego hablen de conspiración judía. Me gustaría conocer a un solo francés que viva por debajo de unos estándares fastuosos en cualquier rincón del mundo. El contrato de arrendamiento estaba a nombre de la Televisión Francesa (tomen nota, agentes de la CIA).

Supuestamente, Claude cubría noticias y producía documentales sobre el estilo de vida estadounidense para su visionado instantáneo en Francia, con el fin de que los habitantes de aquel cementerio se lo tuvieran aún más creído con sus parcelas y monumentos tan bellos y bien conservados. Los reportajes de Claude parecían campañas publicitarias sobre disturbios. Disturbios estudiantiles, disturbios contra la guerra, disturbios por la liberación gay, disturbios en convenciones, disturbios en prisión, disturbios en guetos; en definitiva, democracia en estado puro. Los únicos rostros que filmaba estaban cubiertos de sangre o de máscaras antigás. Sus documentales arrancaban máscaras, de modo que salían nucas de gente que relataba cómo se habían convertido en yonquis, prostitutas, criminales, viejos, enfermos y locos. Era una auténtica delicia ver uno de los especiales de Claude: correr a casa, atrancar puertas y ventanas, revisar el interior de los armarios y debajo de las camas, y ponerse a coser las joyas familiares en el forro del viejo abrigo de pieles.

Según la mirada prejuiciosa de Claude, todo y todos éramos repugnantes en Estados Unidos, con la posible excepción de los trabajadores inmigrantes y los indios hopi, y ya os podréis imaginar con cuántos de esos nos codeábamos. Me gustaría aclarar la farsa esa según la cual Claude estaba locamente enamorado de los llamados desfavorecidos. Pronunciaba innumerables soflamas comunistas sobre injusticias y corrupción, pero a la hora de la verdad lo único que le importaba eran los títulos y las tetas. Su voz se transformaba en un susurro de veneración cada vez que se refería a cualquiera que procediera de una familia, entre comillas, como si el común de los mortales hubiéramos surgido completamente formados de cubos de basura. Todas esas personas reales emparentadas con familias reales eran francesas, naturalmente, porque, por algún motivo misterioso, cuando se trataba de estadounidenses no hacía distingos entre los intelectuales inspirados y los indigentes que bloqueaban las puertas de sus casas.

Conocí a Claude la gélida noche de febrero en que Rhoda-Regina sufrió un oportuno ataque de nervios. Rhoda-Regina es mi ex mejor amiga y actual enemiga. Había estado durmiendo en su apartamento con jardín desde que regresé al país tras cinco enriquecedores años en el extranjero. Claude me encontró ovillada en el último escalón de la entrada, después de que R.-R., en un inimitable despliegue de hospitalidad americana, hubiera tirado a la calle todas mis pertenencias. De hecho, conocí a mis vecinos aquella famosa noche, porque cuando una mujer enloquecida grita y tira cosas hasta que por fin se la llevan al hospital de Bellevue, los neoyorquinos hacen un corrillo y observan la escena boquiabiertos. Solo Claude, que era extranjero, se ofreció a ayudarme y me subió a su apartamento del último piso para convertirme en una mezcla de concubina y esclava. Más adelante me daría cuenta de que albergó la esperanza de que yo fuera víctima de una violación, o una yonqui como mínimo, dos de sus especímenes yanquis favoritos.

Subí las escaleras detrás de Claude, de puntillas, como una ladrona, por consideración hacia R.-R., que llevaba ya tiempo fuera del hospital pero era sensible a recaídas ante el sonido de mi voz o mis pisadas. No deja de ser irónico que mi comportamiento esté dictado por la locura que me rodea.

Llegamos sanos y salvos al apartamento, y por un momento pensé que habíamos entrado en la lavandería de la cárcel que aparece en la película *El presidio*. El calor sofocante se había convertido en vapor y me puse a buscar a tientas el interruptor de la luz. Claude habría preferido verme muerta antes que dejar el aire acondicionado encendido en su ausencia, lo que significaba que para cuando lográbamos refrescar el horno de debajo del tejado ambos estábamos demasiado exangües para que nos afectara.

—¡Vaya! —exclamé ahogada—, ¡han sobrecargado las calderas! ¡Esta bañera está a punto de estallar! Zapatos fuera, muchacho, prepárate para abandonar el barco.

Claude fijó en mí sus ojos de párpados pesados con odio y asco. Hacía demasiado calor para enfrentarme a su temperamento. Me quité las sandalias de dos patadas y procedí a desabotonarme el cochambroso vestido camisero de algodón. Me acerqué a la ventana y apreté el botón mágico del señor Fedder. Claude no se inmutó. Me desabroché el sujetador informe y pegajoso y lo dejé caer al suelo.

—¿Piensas quedarte ahí como un pasmarote toda la noche, Claude? ¿Por casualidad eres el nuevo guardián de este agujero?

No hubo respuesta. Me dirigí al dormitorio, donde, cegada por las gotas de sudor que se me metían en los ojos, conseguí encontrar mi kimono entre las sábanas de la cama deshecha. Cuando volví al salón, Claude seguía haciendo de centinela junto a la puerta.

—¿Te pasa algo?

Respondió con un balbuceo ininteligible.

—Por favor. —Me cerré el batín alrededor de la tripa húmeda y até el cinto de cordel—. Sube el volumen, que no soy Helen Keller. No puedo tantear el radiador y oír lo que estás diciendo.

A pesar del bochorno, sentí el leve y familiar solivianto que provoca el apetito. Fui hasta la cocina y abrí la puerta de la nevera. El aire fresco atrapado en el interior me sentó bien, aunque, independientemente del tiempo que haga, abrir una nevera siempre me hace feliz. Mis raptores judíos perdían los papeles con el tema de abrir frigoríficos. Bastaba con que hiciera amago de echar un vistazo a lo que había para que uno de los dos apareciera corriendo detrás de mí gritando: «Cierra, cierra. Se echará a perder toda la comida». Como si estuviera profanando la tumba del rey Tut.

Trasladé al salón la bandeja de rosbif abarquillado y la dejé encima de la mesa redonda de roble donde comíamos.

—¿Tienes hambre? —El muy asqueroso seguía sin contestar.

Lo cierto es que Claude, al no haber sido criado por secuestradores, estaba acostumbrado a comer a sus horas y no a conformarse con restos.

—No tengo hambre.

¡Andaba! ¡Hablaba! Fue a la cocina y cogió una lata de cerveza.

—No encuentro el abridor —se quejó con la misma voz penosa que yo llevaba nada menos que dos semanas aguantando.

—¿Por qué no llamas a Paul Newman? He leído que siempre lleva un abrelatas colgado del cuello, como una cruz. Que te lo preste.

Claude hizo de tripas corazón y arrancó la anilla de aluminio de la lata de cerveza. Estaba activamente en contra de esas comodidades modernas. Lo mejor que yo podía hacer era tener localizados sus utensilios domésticos.

—La peli esa te ha puesto de un humor excelente, ¿eh? —comenté a la vez que hacía un nudo con mi pelo húmedo y me lo recogía en un moño muy pegado al cráneo—. Recuérdame que nunca más asista contigo a una ejecución pública.

—Es la última película a la que te llevo.

—Lo quiero por escrito.

—A ti solo te interesan los estúpidos concursos que ves todo el día.

Se acercó, se sentó en la silla con reposabrazos que quedaba frente a la mía y apoyó un brazo en la mesa de roble. El mobiliario del apartamento era pura tradición Village. Un poco de folclore americano, lámparas con pantallas japonesas, alfombras suecas, candelabros mexicanos, colchas indias y, como nota de color, unos baldes con aguacates enfermizos que Claude me acusaba de ahogar.

Me preparé un sándwich de rosbif con una rebanada de pan de centeno, doblé el tentempié y me lo llevé a la boca. Claude siguió la acción como si yo fuera una boa constrictor tragándose un gorrino.

—Si hubiera miradas que matan —le dije entre masticación y masticación—, enseguida te darías cuenta de que las tuyas no son de esas.

Me coloqué bien el batín.

—Venga, cuéntame qué es lo que te ha parecido tan estremecedor. ¿Te habría impresionado tanto la peli si hubiese ido sobre cualquier otro marica judío y su madre?

Claude suspiró.

—Vale ya con los suspiritos. ¿A qué horrible tortura te estoy sometiendo? Hemos ido al cine, hemos vuelto a casa sanos y salvos, ahora lo que toca es comentarla, como dos personas normales y corrientes.

—No me necesitas para eso. Tú solita la comentas como seis personas normales y corrientes.

—¿Pretendes insinuar que no te parece que el tiempo esté repartido equitativamente en nuestra conversación? Porque, si es así, me veo en la obligación de señalarte que a mí me parece que dedico más o menos el cien por cien de mi tiempo a preguntarte qué opinas tú sobre las cosas, y lo único que recibo a cambio son gruñidos. Legalmente, deberían obligarme a solicitar una licencia de cabaret para vivir contigo. Por ejemplo, ahora mismo me gustaría hacerte una pregunta. ¿Por qué me miras como si me salieran hormigas rojas por la boca?

—No seas repugnante.

—Vale, pues hormigas negras. ¿Y qué es esa moda nueva de que todo lo que yo digo es nauseabundo o repugnante?

El sufrimiento alisó las facciones de Claude. De pronto se transformó en el sacerdote joven y apuesto que trata de disuadir a la maníaca suicida para que se baje de la cornisa del piso treinta y siete.

—Tienes razón, Harriet. Sé que estoy siendo duro contigo, pero es porque hay una cosa de la que quiero hablarte y no me está resultando fácil.

—Tómate tu tiempo —dije en tono jovial—. Pero no tanto como el que tardó el marica ese en irse al otro barrio.

—Deja ya de llamarlo marica —gritó Claude; de pronto la tez cetrina se le enrojeció—. Me pones enfermo.

—Gracias —respondí también a voces, porque la capacidad para encajar injurias tiene un límite hasta para la mujer más comprensiva—. ¿Yo te pongo enfermo? ¿Un canijo acarreando un trozo de madera que pesa un quintal por una ladera empinada con el expreso propósito de que lo claven ha sido precioso, pero yo te pongo enfermo?

—No vamos a comentar la película —anunció por enésima vez, aunque para mí que era él quien no paraba de sacarla a colación.

Extendió las manos sobre la mesa y se miró los dedos, sin duda esperando a que se concentrara una multitud más numerosa.

Habló despacio:

—Harriet, no podemos seguir viviendo juntos.

—¿Por culpa de ese bodrio? —pregunté con incredulidad.

—Olvídate de la película. La película es paradigmática. Si algo me complace, automáticamente tú lo odias.

—Eso no es verdad. Estás equivocado. Me parece demencial que distorsiones mis opiniones para transformarlas en ataques personales, Claude. Te juro que la he odiado sinceramente. Perdóname por no ser el marqués de Sade, pero mi idea de entretenimiento no consiste en ver a una persona desangrarse hasta la muerte, por muy Dios que sea.

Su voz se volvió suave y maliciosa:

—¿Nunca nadie te ha dicho que eres un muermo absoluto?

—¿Yo, un muermo?

Me dio la risa, asombrada de que la rata se sirviera de una acusación tan estrafalaria. En lo sucesivo he aprendido a no asombrarme nunca de los recursos de los que echa mano un hombre cuando la inteligencia de una mujer lo acorrala.

—Cuando se te mete una idea en la cabeza, cuando tienes una opinión, que es siempre, necesitas dar tu discursito, y no una vez, sino diez. Si alguien consigue meter baza, lo hundes; lo haces trizas con tu bocaza. Ya me he cansado, Harriet. Quiero que te vayas.

—¿Que me vaya? ¿Que me vaya adónde? ¿De qué hablas? —Tanto me alarmé que hundí el cuchillo de la mostaza en el corazón de los macarrones—. Vale, me emociono un pelín de más. A lo mejor soy demasiado vehemente, tengo demasiada ansia por expresarme. Pero es algo que llevo en la sangre. Lo de compartir experiencias es muy americano.

Me percaté de que daba palos de ciego para ganar tiempo, para encontrar un punto de apoyo, porque la alarmante profundidad de la cólera de Claude me hacía sentir como la inocente esposa que se ha detenido para admirar el ocaso y está a punto de ser despeñada por el acantilado a manos de su marido homicida.

—Y una leche. Tú no te expresas. Tú pisoteas los sentimientos de los demás. Ni siquiera escuchas lo que dice tu interlocutor, salvo para reprocharle lo idiota que es. Sea como sea, no deseo seguir compartiendo más tus experiencias. —La voz le temblaba de furia.

—Eso no es verdad, eso no es verdad. Estás malinterpretando mi entusiasmo. Tener opiniones rotundas es parte de mi carácter, pero tus reacciones son mucho más importantes para mí que el sentido común. Hasta donde yo sé, ha sido una película fabulosa.

—No hablo solo de tus aburridas opiniones, sino de tu repugnante costumbre de ponerte como una hidra cuando no estoy totalmente de acuerdo contigo. Tiene que gustarme lo que a ti te gusta y tengo que aborrecer lo que tú aborreces, que es todo, o no dejas de darme la murga. Harriet, esta batalla entre nosotros debe terminar. —Soltó con ímpetu la cerveza encima de la mesa.

Lo escudriñé en un silencio estupefacto, incapaz de articular palabra, ya que para poder llevar a cabo esa función es necesario tragar. La protesta se me quedó atragantada. Nunca, ni por un segundo, se me había pasado por la cabeza que estuviésemos batallando.

Se aprovechó de mi incapacidad física y atacó de nuevo:

—Si me atrevo a declarar que alguien o algo me gusta, pierdes totalmente los estribos. Exiges cada segundo de mi atención. Estoy obligado a no ver nada, a no admirar nada y a no reaccionar nada más que a ti, a ti y a tus deslumbrantes ideas. Estoy hasta la coronilla de esta agresión interminable. Quiero que te vayas.

Recobré la voz, resquebrajada pero utilizable:

—Deja de decir eso. Te estás sometiendo a ti mismo a un lavado de cerebro. ¿Irme adónde?

—Me trae sin cuidado. No es problema mío. Tienes amigos, padres, que te ayuden ellos.

—Te conté que mis padres están muertos.

—Un día están muertos, al siguiente vivos. Harriet, la decisión está tomada. Tenía la esperanza de que pudiéramos disfrutar de una velada agradable, de una velada normal, y hablar tranquilamente de la separación.

—¡Ja! —exclamé como hace siempre la confiada esposa cuando recuerda el disparatado testamento que firmó—. Lo tenías todo planeado. Eso es lo que has estado haciendo, cavila que te cavila, noche tras noche, en vez de encararme, como un hombre, en la cama.

El alcance de su traición estalló dentro de mí igual que un huracán.

—Harriet, por favor, no seas injusta.

¿Injusta? Con qué desfachatez te piden los hombres que no seas injusta antes de tirarte al foso de los leones.

—Ni siquiera salían leones en la película. Eran tan cutres que ni para sacar un par de leones hambrientos… ¿Y qué pasa con los incontables judíos que fueron devorados por leones? ¿Ellos no cuentan?

—No vas a endilgarme el paripé de la chiflada, mi amor. Por mucho que te desquicies, vamos a dejar esto zanjado. Quiero que te vayas de este apartamento. Es mi apartamento. Te acogí porque me diste lástima. Te encontré hecha cisco en la entrada y te subí por generosidad. Se suponía que iba a ser solo una noche, ¿recuerdas?

—¿Y cómo te crees que la gente se empareja en Nueva York? A lo mejor pensabas que iban a presentarnos en la boda de Tricia Nixon. ¿Es eso lo que te incomoda?

—Lo que me incomoda es que han pasado seis meses y aquí sigues, como una sanguijuela, como un parásito, destruyendo mi apartamento y mi vida. ¿Cuánto tiempo tengo que estar pagando por una única obra de misericordia?

Sus tergiversaciones, las mentiras que se contaba a sí mismo y me contaba a mí, me provocaron una furia glacial, porque, como estadounidense, mi guerra contra la injusticia no conoce límites.

—Misericordia. ¿Ha sido la misericordia lo que me ha tenido clavada a tu colchón hasta ahora? Qué extraordinario alarde de misericordia. Muy crístico por tu parte, Claude. Gracias a que esta noche he visto tu biografía cinematográfica, de repente lo entiendo todo. Pero en la peli no lo han llevado tan lejos. El mequetrefe que hacía de ti solo besaba a leprosos; tú, en cambio, te has follado a una.

—Deja de gritar. Es la una de la mañana.

—Haber tenido tú en cuenta la hora antes de soltar la bomba, mi pequeño cordero de la paz.

—Harriet, ya está bien. Ya has dejado claro tu punto de vista. En ningún momento he negado que te encontraba atractiva.

—Tonterías. No te sentías atraído por mí. Te sentías atraído por el cadáver que encontraste en la puerta de tu casa. Estabas obrando un milagro, no una maratón, no te restes importancia.

—Ya te he dicho que has dejado claro tu punto de vista, pero, hiciera yo lo que hiciera, no parecías oponerte demasiado. —Tenía que autofelicitarse porque, como todos los franceses, se creía en posesión de la patente del sexo.

—Me rogaste que me quedara aquí mientras batías el récord mundial de piedad.

—Yo no te he rogado nada, en ningún momento. Esta conversación no va a ninguna parte. ¿En qué estaría pensando cuando albergué la esperanza de que serías razonable? —se lamentó—. Te dejé quedarte porque yo andaba de viaje y me pareció una crueldad ponerte de patitas en la calle. Cada vez que me tenías hasta aquí —dijo trazándose una línea imaginaria en la frente, donde debería haber estado el cerebro—, tenía que irme de Nueva York, y luego volvía y me enredaba contigo, como un idiota, pero siempre estuvimos de acuerdo en que era un apaño provisional, y ahora se acabó, me da igual cuánto exageres para que la historia se ajuste a tu peculiar visión de las cosas.

—¡Peculiar! —Me puse de pie deseando que mi ira pudiera contar con un puntal sólido, una ametralladora por ejemplo.

—Solo es una palabra —alegó con nerviosismo a la vez que se levantaba de la mesa de negociaciones, creyendo quizá que en los diez míseros segundos que tardaba en ir a buscar una cerveza yo liaría el petate y me marcharía del apartamento. Su deseo no se hizo realidad.

—¿Y bien? ¿Te parece normal ir por ahí diciéndole a la gente que es peculiar? Me parece de lo más peculiar (y utilizo la palabra con toda la intención) que cada vez que salimos de este pozo de sordidez, ya sea para ver una película lamentable o a uno de tus lamentables amigos, te pongas así de histérico. También me parece que gozas de total libertad para decir lo que te dé la gana sobre los sucios judíos que conspiran para que tú no seas el dalái lama de la televisión, pero si yo hago una observación insignificante sobre una película en la que sale Jesucristo se declara una guerra religiosa. Eso sí que es peculiar, y me gustaría preguntarte si la idea que tienes de mi papel en esta casa es que sea tu cautiva, tu eco, tu harén de una sola mujer, porque si es así, Claude, te lo advierto, una persona como yo no se transforma en árabe ignorante así como así.

—En mala hora albergué la esperanza de que fuera racional —masculló.

—No has parado de albergar esperanzas en estas últimas dos semanas. ¿Por un casual no has albergado la esperanza de que me atropellara un autobús?

—No me creerás, pero no disfruto haciéndote daño.

—Pero parece ser, Príncipe de la Paz, que no disfrutas ninguna de las actividades que yo creía que sí disfrutabas.

—Ya basta —chilló levantándose de la silla con un brinco.

Por un momento pavoroso pensé que iba a recurrir a la violencia física. Rompí a llorar.

—Venga, Harriet. —Me puso una mano en el hombro tembloroso—. Que no se acaba el mundo, nena. ¿Por qué reaccionas así? Ni que hubiéramos hecho planes de seguir juntos para siempre. Ya sabes que mi contrato vence dentro de seis meses y que me volveré a Francia. Así que esto solo está terminando antes de lo que tú esperabas, nada más.

Alargué la mano y agarré su brazo, aferrándome a él como si fuera la rama colgante que me separaba de la caída fatal.

—¿Es eso lo que te preocupa, querido? ¿Te da miedo que dentro de seis meses nos hayamos encariñado demasiado? ¿Que entonces nos resulte demasiado difícil cortar por lo sano? Porque si es así, te aseguro que dentro de seis meses te despediré con mucho gusto, sonriente, como una nativa feliz que ve cómo regresa a su patria el amado explorador, cargado con todo el botín que soporta su canoa. Créeme, Claude, mi objetivo no es ser uno de los tesoros que expolies.

—¿De qué estás hablando? —La compasión hipócrita había desaparecido de su voz.

—No tendré la sensación de que me abandonas cuando me dejes atrás para volver al lugar que te corresponde como jefe del Partido Comunista y posiblemente incluso para casarte con una virgen homologada de buena familia. En los próximos seis meses podría haber grandes progresos. Mira ya cuántos cambios maravillosos. —Intenté por todos los medios que se me viniera a la cabeza algo en lo que Claude hubiera mejorado, pero necesitaba tiempo para reflexionar. Al fin y al cabo, la vida no es un concurso.

Meneó el brazo para zafarse.

—No —dijo, y se puso a dar vueltas por el salón con la valiosa lata de cerveza en la mano. Y entonces masculló, como para sus adentros—: Mis amigos me lo advirtieron. La culpa de todo la tengo yo y nadie más que yo.

—Tus amigos —bufé.

Porque permitidme que os hable de los maravillosos amigos de Claude un día que tengáis ganas de vomitar; son todos franceses y todos me detestan porque en lugar de una heredera no soy más que una chica americana del montón.

—O sea, ¿que dejas que esa panda de esnobs te lave el cerebro?

—¿Lavarme el cerebro cómo, según tú? ¿Han venido hasta aquí para decirme que no hay manera de encontrar un plato limpio en la cocina mugrienta? ¿Que la cama está sin hacer desde que entraste en esta casa? ¿Que todas mis preciosas plantas han muerto?

—No han muerto. Deja de decir que han muerto. Las plantas son muy sugestionables. —Me acerqué corriendo a una planta colgante que había en la ventana y le acaricié las hojas pardas—. Estás viva, tesoro. No le hagas caso. Está él tan vivo como tú.

Sin embargo, en vez de sacar provecho de mi alegre disposición, Claude levantó las manos en una parodia de desdén galo y con los labios fruncidos rezongó:

—Esto es demasiado absurdo.

—Absurdo estás siendo tú al huir de la relación más auténtica y seguramente más relevante que vas a experimentar en toda tu vida, solo porque no la ha concertado tu madre.

Intenté abrazarlo, pero atravesó mis brazos como si fuesen sombras.

—Querido, nos queda muy poco tiempo y mucho trabajo por hacer. Tienes tanto crecimiento, tanta expansión ante tus ojos. ¿Cómo puedes engañarte ante una oportunidad tan inusual y dichosa por una desfasada noción de la caballerosidad?

—Tú ganas —dijo. Tuve la escalofriante sensación de que, fuera lo que fuera que ganaba, no se trataba de Claude. Estaba de nuevo plantado junto a la puerta—. Y ahora, con tu permiso, me gustaría salir a dar un paseo y reflexionar acerca de todas las cosas buenas que has hecho por mí.

—¿Un paseo? ¿Estás loco? En la calle hace cuarenta grados.

No podía soportar que se marchara del apartamento. Cuesta explicar cómo una mujer con mi potencial podía encontrarse en semejante situación, pero en aquel momento tan bajo de mi vida sufría una especie de apasionada preocupación por Claude que nunca había sentido con tanta fuerza como cuando el maníaco suicida abrió la puerta de par en par. A ambos nos envolvió un repulsivo chorro de aire viciado y humeante que acentuó el frescor del salón. Claude cerró la puerta, como si se protegiera contra un vendaval de contaminación, y se apoyó en ella.

—Por favor, ven a la cama —le propuse.

—¿A la cama, contigo? —Claude recuperó sus rasgos clásicos como si estuviera jugando delante de un espejo de feria—. ¡Prefiero dormir en una alcantarilla antes que dormir contigo!

Como lo de dormir en el alcantarillado es una tradición que tienen los franceses, no me lo tomé a mal.

—Es muy tarde. Ya seguiremos discutiendo mañana.

—Se acabó la discusión, Harriet. Mañana es viernes; el lunes por la mañana te quiero fuera del apartamento.

—Por supuesto —respondí amable—. Y ahora, a la cama.

—Vete tú a la cama —dijo con frialdad.

—Sin ti, no.

—Por última vez te lo digo: vete a la cama.

Obedecí al bravucón como una niña castigada. El dormitorio estaba recalentado y pegajoso, era la razón por la que luchaba para que el único aparato de aire acondicionado estuviera encendido de continuo. Tiré el kimono encima de la mecedora de madera y a oscuras me arrastré hasta el lecho desierto. Tumbada, me puse a escuchar a Claude trastear en el salón. Había estado actuando así noche tras noche, esperando a que yo conciliara el sueño. Ahora ya sabía lo que había estado tramando. Mi cuerpo exhaló un sollozo seco e infantil. Sentí que me recorría una furia helada. Quería que Claude viniera a mí. Le pedí por telepatía que viniera al dormitorio y me necesitara, pero Claude se obstinó en quedarse en el salón. Encendí un Marlboro y discipliné a mi cerebro para que se vaciara de cualquier sentimiento desagradable hacia Claude. No era fácil, pero no era el momento de reaccionar como una histérica y dejarme llevar por tópicos trillados como el del rechazo. Repasé meticulosamente las frenéticas acusaciones de Claude gracias a mi memoria absoluta. La máquina se atascó en el adjetivo «aburridas» y se negó a seguir funcionando.

¿Aburridas? ¿Cómo que aburridas? Es un hecho empírico que a los gabachos todo les resulta aburrido excepto el sonido de su propia voz. Si no fuera por un deseo innato de adulación, los oídos franceses habrían seguido los pasos de las aletas, las colas y las amígdalas. ¿Era eso una pista? ¿Había descuidado yo, a mi franca manera americana, la adulación de la que Claude se consideraba digno por derecho natural?

Sentí una oleada de gratitud; hacia quién o hacia qué, era un misterio. Tras el desmayo inicial, mi cerebro volvía a funcionar. ¿Estaba Claude enfurruñado porque sentía que se le cicateaban las interminables muestras de gratitud que hacen que un francés se sienta vivo? Sucede que, por muy alegre y extravertida que yo sea en lo cotidiano, en la intimidad de la alcoba soy una huésped misteriosa, callada, dadivosa e inescrutable. Un pozo sin fondo de receptividad. ¿El pobre diablo interpretaba mi recato como indiferencia? Me obligaría a ser más expresiva. Qué suerte la de Claude. La ayuda estaba en camino.

Apagué el último cigarrillo del día y debí de amodorrarme casi inmediatamente. En cuanto Claude se deslizó a mi lado, me activé como si me dieran una descarga eléctrica. El alba se colaba a través de las cortinas de arpillera.

—¿Qué hora es? —musité, pues en la cama nunca empleo tonos bruscos.

Él se negó a divulgar información clasificada. Se tumbó de costado y fingió sumirse en un sueño profundo. Me acurruqué junto a su cálida espalda. Se puso rígido. Exhalé una bocanada de aire suave en su nuca.

—No hagas eso —dijo en un susurro agónico.

Como ya era el día siguiente, decidí que ya había aguantado bastante por una noche.

# 3

Como de costumbre, aquella noche no soñé. No sueño casi nunca, lo cual probablemente sea un reflejo del hecho de que vivo mi vida de manera plena y consciente. Resuelvo mis problemas en estado de vigilia y, en consecuencia, dedico mis horas de sueño a descansar y no a recibir mensajes inanes. Mi ex mejor amiga, Rhoda-Regina, que ha despilfarrado en analistas sus ingresos de los últimos diez años por culpa de su asombrosa vanidad respecto a sus sueños, solía relatarme a diario las maravillas que había producido durante la noche.

Cuántas veces se lo dije: «Rhoda —le decía—, hazte un favor a ti misma y métete en la cama con un hombre de verdad, verás como dejas de malgastar tu tiempo en pesadillas».

Naturalmente, Rhoda-Regina recibía mi sensato consejo con indignación, pues esperaba que yo estallara en extasiados aplausos y vítores, como si todos y cada uno de sus sueños fuese una experiencia de cinco estrellas.

Rhoda-Regina vagaba por su apartamento durante horas, estupefacta, con los ojos pegados de legañas, a resultas de la disipación de su orgía privada.

Para mí, lo ideal es empezar el día con una estimulante competición. Encendí el televisor y puse *Concentration,* un concurso que no requiere conocimientos y pese a todo cumple la función de agradable calentamiento con vistas a *Sale of the Century,* el que se emite justo después. El drama de mi jornada comienza a incrementarse a medida que las apuestas suben, la dificultad de las preguntas aumenta y los contrincantes se enfrentan con cortés envidia y rabia.

No me concentraba en *Concentration* y me acordé, como si hubiese grabado la escena en su totalidad, del alucinante colapso que había sufrido Claude la noche anterior.

—¡Claude! —voceé—. Claude, ¿estás ahí?

No hubo respuesta.

Me desenredé del revoltijo de sábanas arrugadas y me zambullí en el cúmulo de trapos que formaban una pila alta encima de la mecedora de madera. Mi kimono, que cada vez se parecía más a una bandera capturada, impregnada de sangre y escupitajos, estaba arriba del todo, donde yo misma lo había dejado. Me lo até bien alrededor de las caderas y me dirigí hacia el aparato del aire acondicionado. Por supuesto, no estaba encendido.

—Deja eso apagado. —La orden llegó flotando desde el cuarto de baño—. No quiero coger frío.

Claude tenía más teorías sobre los peligros del aire acondicionado que los vegetarianos sobre la carne. Fui a la cocina y, para variar, no había una Chemex de café recién preparado con amor. Llené la tetera y la puse al fuego. Daba comienzo otro día de esclavitud.

Encontré a Claude sumergido hasta el cuello en agua gris.

—Largo de aquí —me dijo—. Estoy dándome un baño.

—Es un alivio saber que no he interrumpido tu bautismo. ¿No crees en contestar cuando te llaman?

—No empieces a darme la vara, Harriet. Estoy cansado.

—Fíjate que viéndote así en la bañera me has recordado a una tragedia que vi en *Un paso al más allá,* en un episodio sobre un asesino, un médico que mató a cinco esposas antes de que la Justicia le echase el guante. Lo que levantó sospechas fue que las cinco hubieran muerto en la bañera, demasiada casualidad, ya que el doctor no se casaba precisamente con mujeres necesitadas. ¿Quieres saber cómo lo hacía?

—Termina lo que estés haciendo y lárgate. —Claude se irguió en la bañera y los rizos negros de su torso se alisaron por efecto del agua—. Quiero intimidad.

—Te entiendo. Yo quiero el collar de rubíes que Onassis le regaló a Jackie para que le hiciera juego con los pendientes, pero en esta vida tenemos que conformarnos con lo que nos toca en suerte. ¿Y bien? ¿Quieres saber cómo lo pillaron?

—No. Acércame la esponja y sal de aquí.

—Hubo un tiempo, guapito de cara —lo reñí—, en que mi príncipe árabe gustaba de ponerse a remojo en su tina de mármol mientras su Sherezade le contaba cuentos.

Fingió no recordarlo.

—Hubo un tiempo, majestad, en que su fiel rehén enjabonaba a su amo y, cuando él estaba de buenas, la invitaba a unirse a él en su bañera real. ¿Eso tampoco lo recuerda?

Esta vez interrumpió mis entrañables remembranzas abriendo el grifo al máximo.

—Esta agua está demasiado caliente, caray.

—¿Por qué no me dejasteis preparar vuestras abluciones, oh, amo? ¿Para qué si no estoy yo aquí?

—Deja de ser tan repulsiva a primera hora de la mañana. Estoy cansado.

No hacía falta ser Rose Franzblau para percatarse de que a Claude le perturbaba hasta el más inocente atisbo de alusión sexual.

—¿Cómo es que estás tan cansado? ¿No has dormido suficiente?

—No —fue su agria respuesta—. No has parado de pegarte a mí como una lapa. Al final me he dado por vencido y me he levantado. ¿A qué ha venido eso?

—Quizá solo haya sido un sueño.

—No he pegado ojo. Pásame la esponja, está en el borde del lavabo. Y luego vete de una vez.

Abandoné mi tocador para acatar la orden de mi señor y sin querer me vi reflejada en el espejo del armarito botiquín. No esperaba encontrarme con Sofía Loren pero, santo Dios, tampoco estaba preparada para la novia de Frankenstein. Mi cara parecía haber quedado aplastada dentro de una maleta sobrecargada que Mohamed Alí hubiera hecho el favor de cerrar.

—¡Me estás echando a perder! —exclamé lanzándole la esponja—. Deberían detenerte por lo que me estás haciendo.

—Estás igual que siempre.

—Mentiroso. Fabulador. —Me cepillé el pelo con desesperación para quitarme aquella especie de tortilla *fu yung hai* de la cabeza—. ¿Acaso pretendes que me crea que propusiste a este careto que se mudara contigo?

Yo y mi carácter espontáneo. Podría haber subastado mi lengua al peor postor. Era lo que faltaba para recordarle al muy maniático que yo vivía allí con él. Por suerte, Claude estaba tan absorto enjabonando sus preciados sobacos que no captó mi lapsus freudiano.

—La cara es pasable todavía, teniendo en cuenta lo mucho que has engordado.

Para los hombres que básicamente no sienten ningún aprecio por las mujeres, cada gramo extra de carne actúa como si le clavaran una espina en el costado. Por suerte, yo había ganado unos pocos kilos muy necesarios y ya no era la niña desvalida que Claude había capturado.

—Perdón por haber dejado de ser una piltrafa demacrada. Ahora que sé que lo que te van son los cadáveres, a poder ser colgados de los pulgares, puedes estar seguro de que haré los ajustes oportunos.

—No seas tan susceptible. Sigues teniendo una figura estupenda. No te costará nada cazar un sustituto. —Enfatizó aquella afirmación siniestra con una sonrisa abominable.

—¿Qué demonios iba yo a sustituir? De verdad te digo, Claude, que quien te oiga pensará que no tengo otra cosa en la cabeza aparte de violaciones.

Pareció abochornado o perplejo, y se concentró en enjabonarse las piernas.

—¿Te gustaría que hiciera eso por ti, cariño?

—¿El qué, dejarte violar?

—No, tonto, lavarte.

Dejé escapar una risa atolondrada ante aquella insoportable muestra de agudeza gala. Me sequé los ojos.

—¿Sabes qué, Claude?, es posible que se me pase comentártelo de vez en cuando, porque entre limpiar, guisar y hacer las compras me distraigo, pero para ser un hombre tienes un cuerpo magnífico, y para ser francés es poco menos que un milagro. Dios santo, qué alfeñiques se ven en París, pavoneándose como si tuvieran algo especial de lo que presumir. Por otra parte, desde luego, las francesas son auténticos genios a la hora de convencer a cualquier gnomo de que es Tarzán. Supongo que no les quedó más remedio que aprender el arte de la adulación para garantizar la perpetuación de la raza. ¿Es bajito tu padre?

—Harriet, oigo el agua hirviendo en la cocina.

—Ah, sí. —Me levanté de un brinco—. ¿Te apetece un Nescafé, amorcito?

—No. ¿A qué viene esa asquerosa lluvia de cariños y amorcitos?

—Pareces un dios griego.

—Corta el rollo, Harriet.

Le acerqué una toalla esponjosa que yo misma había transportado a y desde la lavandería.

—¿Me dejas que te seque yo la espalda?

—Puedo solo.

Aquí entre nosotros: Claude, desnudo, era una sorpresa deliciosa. Con sus cursis pantalones de pana franceses, sus jerséis de cuello vuelto de marica y sus botas de vaquero parecía un espía ruso de tres al cuarto, pero sin ropa, ¡tachán!, revelaba un cuerpo de corredor largo, esbelto, compacto, de musculatura sutil. Todas sus partes, incluidas las pudendas, eran firmes y estaban bien colocadas, incluso resultaban atractivas. No podía apartar la vista de sus suaves y recias protuberancias y curvas.

—Deja de mirarme.

—No te estoy mirando. Te estoy admirando. Sinceramente, Claude, si tú supieras lo deseable que eres, al menos para mí, dejarías de atormentarte a cuenta de mis opiniones.

Emitió un sonido de disgusto y me apartó para pasar. Lo seguí hasta el dormitorio.

—Maldita sea, Harriet, deja ya de atosigarme.

—Tu dominio del inglés es extraordinario. No solo por el vocabulario, porque memorizar listas de palabras hasta el más zoquete sabe hacerlo, sino porque nunca tienes que pararte a pensar cuando hablas. Te sale natural. Eso es aprender un idioma, y lo demás son tonterías. Cuando sueñas conmigo ¿lo haces en inglés o en francés?

—Ve a ponerme una taza de café. Con azúcar, sin leche.

—Mira que eres bobo. ¡Como si a mí se me fuera a olvidar cómo le gusta el café a mi cliente predilecto!

Fui trastabillando a la cocina para hacer mi numerito de Gunga Din.

—Aquí tiene, *sahib.* —Le ofrecí con alegría la taza desportillada.

Claude echó una ojeada a la mecedora.

—¿Me queda alguna camisa limpia?

—¿A quién le importan las camisas? ¿Por qué tanta prisa en vestirse?

—Tengo que estar en la oficina dentro de media hora.

—Olvídate de tu porcina carrera por un ratito. ¿Sabes qué me gustaría, Claude? Que nos tumbáramos en la cama, tranquilos, nos relajáramos juntos y dejáramos que la naturaleza siguiera su curso.

Vi cómo la cara se le ponía escarlata de pura inseguridad.

—Al diablo con la naturaleza —revisé el guion sobre la marcha—. Seguiré yo el curso de la naturaleza. Tú túmbate sin más y trátame como a tu harén.

Localizó una camisa inmaculada que mis amorosas manos habían guardado en su primer cajón.

—Es la última. ¿Te acordarás de ir a recoger hoy mis camisas?

—Aunque me entre un cáncer, cariño, no se me olvidará.

Se aclaró la garganta de franchute.

—Y ya que estás, coge un *Village Voice.*

—¿Ese panfleto rojeras?

—Publican muchos anuncios de apartamentos. No pretendía ser tan brusco ayer, nena. Claro que te ayudaré a encontrar algo para alquilar o compartir, y estoy dispuesto a prestarte apoyo económico. Ya sabes que mi salario es simbólico —añadió al punto—. No puedo mantener a nadie. Pero te vendrá bien trabajar como nosotros los plebeyos.

La caja registradora francesa que tenía en el lugar del corazón esbozó una sonrisa enfermiza. Su repugnante eficacia me dejó perpleja, y descubrí que tenía las cuerdas vocales paralizadas.

—Esta noche volveré pronto —se cubrió los hombros suaves con la camisa y se sentó a mi lado en la cama—, y repasaremos juntos los anuncios.

Se agachó y encontró él solito sus calcetines.

Lo agarré de la mano e intenté obstaculizar sus movimientos. Era como si se pusiera no ropa, sino una armadura para protegerse de mi contacto.

—¿No vas a darme una última oportunidad? ¿Tanto miedo te da tumbarte a mi lado?

—¿Tú has visto la cama? —repuso evasivo a la vez que metía los pies en las botas—. ¿Cuándo fue la última vez que se cambiaron las sábanas?

—Llamaré al servicio de habitaciones inmediatamente. Si no fueras tan fanático de la limpieza, podríamos disfrutar mucho más de este momento.

—Llego tarde al trabajo. ¿Cuántas veces tengo que repetirlo?

—Te perderás un atraco, bueno, y qué. ¿Acaso no es más importante salvar nuestra relación?

—Creo que anoche dejé lo bastante claro que nuestra «relación», como tú te empeñas en llamarla, se ha terminado.

—Pero ¿por qué? —grité—. ¿Por qué? ¿Por qué? No me has dado ni un solo motivo.

—Harriet, no montes una escenita. Fui muy explícito en cuanto a los motivos.

—Qué disparate. ¿Te refieres a eso que farfullaste sobre los fogones y las plantas? Yo no soy una asistenta. Soy una mujer sensual. Por favor, Claude, por favor. No te estoy pidiendo que me transportes a cotas arrebatadoras. Tus débiles empeños significan más para mí que todas las cabras montesas juntas. ¿Recuerdas cómo era todo al principio, Claude? Descomunal. Eras un maremoto. De acuerdo. Quizá no esté en tu carácter mantener ese ritmo tan febril. No me importa. Yo no soy como otras mujeres. No te estoy pidiendo la luna, Claude, solo te pido que me estreches entre tus brazos.

Cuando el eco de mi voz de pito se extinguió, flotó en la habitación un silencio resonante, como si un monstruoso concierto de rock and roll hubiera terminado abruptamente.

—Harriet, no llores.

—¿Por qué no? Con lo que hemos sido el uno para el otro, y ahora de pronto te horroriza que te toque.

Claude, completamente vestido, me agarró la mano y la apretó con fuerza.

—Lo siento si te he transmitido esa sensación, Harriet, porque no es correcto. No tenía derecho a culparte de la ruptura.

—No tiene por qué haber ruptura. No quiero ni oír la palabra ruptura —gemí.

—Eres una chica preciosa, una chica inteligente, una chica sensible. Lo que ocurre es que no cuajamos.

—¿Estás decidido a malgastar tu vida con una fulana idiota?

Claude suspiró.

—Necesito estar solo.

—¿A qué se debe esta desesperación suicida? No has sido el rey Faruk este último par de semanas, de acuerdo. No es ninguna tragedia.

—Harriet, no soy hombre de una sola mujer. ¿Tanto te cuesta entenderlo?

—A la mayoría de las mujeres, sí, pero no es mi caso.

—Yo necesito mi libertad. A lo mejor denota inmadurez por mi parte, pero no puedo convivir con una mujer. Para mí, la mujer es una exquisitez, un capricho, pero en mi casa no. Supongo que soy un soltero nato.

—Todos los hombres son solteros natos, pero cambian. No me rechaces solo por miedo al cambio. ¿Cuántas veces tengo que decirte que no espero que me deslumbres? No te pido que seas perfecto. Descubrirás en mí a una mujer paciente, comprensiva, tolerante y, lo más importante, siempre dispuesta a echarte una mano. Y aunque no cambies tanto como crees que deberías cambiar, yo te quiero tal como eres.

—Tengo que irme a trabajar —masculló Claude—. Llego tarde.

—¿Me prometes que te vas a pensar lo que te he dicho?

—¿Te acordarás de mis camisas? —respondió el muy alcornoque. Y entonces se dio una palmada en la frente. Tuve la tenue esperanza de que estuviera abriendo los ojos—. Ay, madre, hoy es viernes, ¿no?

—A mí no me mires. Soy la lavandera, no la astrónoma de la corte.

—Charles y su azafata de turno vienen hoy a cenar.

—¿Cómo? ¿Te las has arreglado para que ese eunuco venga aquí a regodearse en mi desahucio?

—No seas ridícula. Ha estado en Washington diez días. No sé cómo ponerme en contacto con él.

Claude fue al salón, que estaba mejor concebido para dar vueltas.

—¿Cuándo se decidió ese asqueroso plan?

—Tú estabas presente.

—¿Por qué se empeña ese engendro en autoinvitarse, con lo mucho que me odia?

Me resultaba demasiado perturbador pensar siquiera en Charles y en el concurso de Miss América que hacía desfilar ante los ojos vidriosos de Claude, con la esperanza de que una de las participantes tuviera las agallas de hacer lo que él no era capaz, a saber, destriparme.

—No te odia. Lo que pasa es que le impone un poco lo directa que eres.

—¡Ja! Se me olvidaba que no está de moda odiar. Ahora todo es una cuestión de miedo. Hitler pasará a la historia como el hombre más aterrorizado del siglo XX.

—Imposible —dijo Claude consultando el reloj para submarinistas que llevaba ceñido a la muñeca amariconada—. Intentaré hablar con él para cancelarlo.

—¿No podríamos simplemente abstenernos de abrirle la puerta?

Claude me miró escandalizado. El instinto me dijo que para mi novio era fundamental mantener las apariencias, ya que básicamente era lo único que se sentía capaz de mantener. Aquella intuición trajo aparejada la prudencia de participar incondicionalmente en su vida superficial.

—En realidad, amor, no será para tanto. Compraré fiambre de pollo y de rosbif, hígado picado y arenques en vinagre. Pasaremos un buen rato. Ya me conoces, soy muy guasona, pero sabes que me encanta recibir a tus amigos.

Claude hizo un reconocimiento del salón con ojo crítico.

—No —dijo casi para sus adentros—. Es imposible recibir a nadie en esta pocilga.

—No seas tontorrón —protesté—. Tenía pensado hacer zafarrancho. Dejaré la cocina tan limpia que Charles podría practicar un aborto en ella.

Claude abrió la puerta que daba al rellano. Hacía aún más calor fuera, en el mundo de los negocios.

—Te llamo luego —dijo con hosquedad.

—Te prometo que voy a dejar el apartamento como una patena. ¡Tú trae mucho vino blanco bien frío, qué rico! —grité en dirección a las fétidas escaleras.

Una vez sola, encendí el aire acondicionado. Me sentí extrañamente animada. Dada mi naturaleza eternamente optimista, ya estaba maquinando cómo transformar aquella desagradable ocasión en un triunfo. Se me presentaba una oportunidad de oro, por qué no llamarlo reto, para desvelar las profundidades de mi capacidad para halagar y cautivar. Decidí preparar un pastel de carne casero.

# 4

En cuanto puse un pie en la calle, supe que el pastel de carne quedaba descartado. Solo una mártir patológica sería capaz de ponerse entre fogones con un tiempo así. El calor chisporroteaba en las calles mugrientas igual que una cataplasma de mostaza invisible. Si te gustaban las pieles de plátano recocidas con pizza y cáscara de huevo, en la cuneta había un gran festín. Gran cantidad de pordioseros borrachos se disputaban unas monedillas con unos *hippies* con cilicios, en un ensayo general de la peste. Me arrastré hasta Bleecker Street aguantando la respiración sin mascarilla hasta que me encontré entre los brazos protectores del A&P. Dentro del supermercado hacía un frío que pelaba. Pregunté a un dependiente bigotudo dónde tenían escondidos los fiambres, pero como es natural no hablaba ni una palabra de inglés.

—Fiambres —le grité a la cara de demente.

Se rio tan campante, como si le hubiera propuesto que nos metiéramos debajo del mostrador de caja y echáramos un quiqui.

Recorrí todos los pasillos empujando un carrito diseñado para irse hacia atrás y tiranizarme los tobillos, y hallé la inspiración encarnada en dos pollos braseados color naranja chillón, un envase de ensalada de col y un litro de helado con pepitas de chocolate; a continuación, recordando la adicción de los franceses a las procesiones de platos, añadí un frasco grande de pepinillos, y la cena estaba servida, *madame*. La cuenta ascendió a doce dólares, que es mi tarifa fija, ya compre un paquete de cigarrillos o cargue el carro de palmitos y salmón de Nueva Escocia. Aboné el arancel y recorrí Morton Street en dirección opuesta pisando charcos de pis de perro. Deseo hacer un único comentario sobre los perros neoyorquinos tras el cual callaré para siempre, y es que deberían rebelarse contra los maricas de sus amigos y arrancarles de un bocado la parte más orgullosa de sus maricas anatomías.

No me había dado tiempo a desempaquetar mis exquisiteces cuando sonó el timbre. ¿Sería posible que mi moreno admirador me hubiese seguido hasta casa? Miré por la mirilla y contemplé la tintineante presencia de Maxine, mi mejor amiga.

—¡Espera! —chillé, porque soy muy pudorosa ante el escrutinio hostil de las mujeres.

Me enfundé el kimono de seda y abrí la puerta.

—Harriet. —Se desactivó su alarma antiladrones interior—. ¡Cómo me alegro de que estés en casa! Voy a desfallecer por culpa de este calor. ¡Estás estupenda!

Debo reconocer que ella también. Me asomé al rellano para comprobar si un babeante convoy de turistas le pisaba los talones. Había suficiente pedrería en sus sandalias de plataforma como para refinanciar la compra de Manhattan.

—Entra, rápido —le dije—. ¿De dónde sacas valor para pasearte así en público?

Maxine, madre y esposa judía, forcejeaba con un par de ceñidísimos pantalones de cinturilla baja de *shantung* blanco. Por encima de aquella carnicería, a través de la transparencia de un polo de redecilla, se apreciaba una *delicatessen kosher*.

—Mujer. —Se pasó a una risa gutural. Maxine tenía más acentos que Peter Ustinov, pero, a menos que le arreases un puñetazo en la boca del estómago, nunca sacaba a relucir el verdadero—. Acabo de salir de mi clase de hatha yoga. Ha sido una locura con este calor. Pero en fin, para un indio esto que hace es fresco. El profesor estaba encantado conmigo hoy. Me ha dicho que tengo la columna vertebral de una niña de cinco años. Aun así, estoy completamente molida.

Dejó caer su columna vertebral retrasada en el butacón de mimbre y despejó el suelo con las piernas rechonchas.

—Se me secan los labios con el calor.

Observé cómo aplicaba otra capa de brillo a unos labios con una película de grasa tan densa que habría podido provocar una gran marea negra en toda la costa atlántica.

—Qué suerte tener una piel tan maravillosa como la tuya —canturreó, pero como no levantaba la vista de la polvera dorada no supe cuál de las dos era la agraciada. Miró hacia arriba—. Ni una arruga, ni una imperfección. ¿Qué producto usas?

—Esperma —respondí.

Antes muerta que dejarme arrastrar a uno de sus anuncios de belleza que empiezan con un cumplido y terminan con el ruego de que me plantee una operación de cirugía plástica.

—Eres un caso. —Soltó una risita y se perdió en su maletín, del que resurgió con una cajita rosa en la mano—. Te he comprado una hidratante fabulosa, eficacia probada para eliminar en menos de tres semanas esas bolsas negras que tienes en los ojos.

—¿Cuánto rato va a durar la visita? —pregunté—. Tengo muchas cosas que hacer.

—Nada, hasta que me refresque —dijo a la vez que dejaba encima de la mesa de centro una cajetilla de Kool extragrande.

Se encendió uno con un eficiente chasquido de su encendedor Dupont de oro, los dedos diminutos y ahusados rígidos por culpa de las alianzas matrimoniales. Era la mujer más adorablemente casada del hemisferio occidental.

Maxine era de la opinión de que, como habíamos saltado a la comba juntas en Brooklyn, nuestros insultos se sustentaban en amor. Las verdaderas razones por las que Maxine insistía en seguir relacionándose conmigo eran, en primer lugar, para sentirse afortunada de no ser yo, sino ella misma, maravillosa, casada y dueña de una casa con once habitaciones, y, en segundo lugar, para escuchar anécdotas sexuales sobre Claude, ya que la mera alusión a su nombre incircunciso la ponía histérica. Para garantizarse estos placeres, insistía en conservar nuestros vínculos históricos y afectivos.

—¿Cómo están tus padres? —No había vez que Maxine no me hiciera esta pregunta.

—Vivos —dije en un intento por parar en seco aquel ritual tan aburrido.

En cualquier caso, esa era toda la información de que disponía. Gorgeous George y su entrenadora habían colgado los guantes y no concedían entrevistas desde su acuartelamiento en Los Ángeles. Cada vez que los llamaba, ya fueran las seis de la mañana, las diez de la noche o las cuatro de la tarde, mi llamada interrumpía su torneo de siestas.

«Hola, mamá —decía yo, después de que el teléfono hubiera sonado unas cuantas docenas de veces—. Soy tu hija, Harriet».

¿Para qué convertir una llamada de larga distancia en un concurso?

«¿Harriet?».

Notaba cómo pugnaba por emerger a la superficie.

«¿Cómo estás, mamá?».

«Bien, bien, aquí hace un tiempo magnífico. Me estaba echando un sueñecito».

«Y papá ¿cómo está?»

«¿Quieres que lo despierte? —Yo entonces me preocupaba—. No ha pegado ojo en toda la noche. Lo sé porque me ha tenido desvelada a mí».

«No hace falta, salúdalo de mi parte».

«Ay —gemía hundiéndose de nuevo en el país de los sueños—, le va a dar mucha pena no haber hablado contigo».

—¿Les gusta California? —Maxine ahondó educadamente en su inquisición, con la cara rosácea desencajada de pura sinceridad.

—¿Qué esperas que te diga? ¿Qué sabrán ellos de lo que les gusta y lo que les disgusta? Cuando no están durmiendo, están sentados en una cocina que un agente inmobiliario les aseguró que estaba ubicada en California. Si se pusieran a pensar en gustos, firmarían un pacto suicida.

—Menos lobos —dijo la judía y sobrenatural telépata—. Sé que los echas de menos.

—Los echo de menos tanto como echo de menos tener gonorrea —le informé.

Maxine se mostró conmocionada. Desde el día que había conquistado la cima de la montaña y desposado a un Profesional Liberal, nuestros respectivos padres se habían transformado por arte de magia en criaturas sagradas. Los veinte años de timbas de póquer celebradas en torno a la mesa de formica de su madre, olvidados. Todo lo que no encajaba en el rol de mujer de periodontólogo, olvidado. Uno de los mayores borrados que se me rogó que efectuara en mi banco de memoria fue el del divertido hecho de que Maxine había sido la ninfómana del barrio. Ya a la tierna edad de cuatro años se abría de piernas a cambio de un Tootsie Roll a medio comer. Cuando alcanzó la promiscuidad adulta, hizo desfilar a toda una tropa de engendros sexuales por el salón de la casa de mis padres, puesto que el casino ilegal que ella llamaba hogar no era lo que se dice adecuado para encuentros amorosos secretos. Solo el matrimonio la había liberado del sexo. Su deuda con la sociedad estaba saldada. Ahora su pasado debía ser olvidado, su expediente, eliminado, sus antecedentes, borrados. La vi el día que regresó de su viaje de novios, rebosante de cuentas bancarias.

«Te vas a reír. —Y soltó una risilla pueril—. Mi Jerry es tan celoso que basta con que mire a un hombre para que se vuelva loco». Lo que sin duda significaba que Maxine era capaz de detectar una respiración.

«Bueno, no es de extrañar —dije con criterio—. Seguramente sea uno al que le hiciste una mamada».

«¿Cómo? ¿Insinúas que yo iba por ahí tonteando con chicos?».

Mi franqueza provocó que Maxine me diera la espalda durante tres años la mar de refrescantes. Solo cuando regresé de Europa y ella había remetido ocho años bajo el cinturón de castidad, sintió el impulso caritativo de retomar nuestra amistad. Dicho impulso no incluía la amistad del doctor Jerry. Tenía que contentarme con fotografías en las que salía modelando el equipamiento deportivo más novedoso. A tenor de las pruebas gráficas, Maxine lo había convertido en un hemofílico de grasa de pollo. Me transmitía la sensación de que, si se cortaba al afeitarse, esa sustancia saldría a borbotones hasta que solo quedase un envase de plástico no reciclable. Por decirlo suavemente, Jerry no era la estrella que elegirías para una serie de televisión sobre el dentista pendenciero que le pone las coronas a Loretta Young.

—¿Cómo está Jerry? —pregunté sospechando de inmediato que Maxine me había hipnotizado para que articulase aquellas palabras inanes.

¡Estaba loca por contarme!

—Maravilloso, maravilloso. De verdad que no merezco un marido taaan maravilloso. Ojalá dieras tú con uno así, Harriet, no te deseo otra cosa. ¿A que no sabes lo que me ha regalado por el cumpleaños de mi Norton? —«Mi Norton» era su tabique desviado de seis años de edad.

Me ponía enferma su jueguecito de adivinanzas.

—¿Una histerectomía? —aventuré.

Solo que, para variar, Maxine no me hacía ni caso. Su cerebro se había retirado a sus aposentos.

—Frío.

—¿Un orgasmo vaginal? —probé con entusiasmo.

—Ya en serio.

Esa vez sí me oyó, y sacudió la ceniza de su cigarrillo con elegancia y dedo anillado.

—¿Un vibrador marrón oscuro de treinta centímetros? —Empezaba a cogerle el gusto al desafío.

—¿Es que solo sabes pensar en sexo? Me ha construido una sauna en el vestidor —dijo con sequedad, anticipando que yo no iba a tirarme al suelo presa de paroxismos de júbilo.

Esperó una reacción por mi parte, pero cuando se hizo evidente que me había sumido en un coma con los ojos bien abiertos, Maxine subió la apuesta.

—Y ha contratado a la masajista de Felicia Bernstein para que me trate todas las mañanas a las nueve.

—Hum —dije—. Si aquí se presentara alguien a las nueve de la mañana, sería para detener a Claude por practicar actos antinatura.

Contuvo el aliento. Según sus propias y tímidas palabras, mi amiga estaba prendada de Claude. Dado que no era un esposo judío, Maxine sabía que solo mi astucia y vigilancia evitaban que se le abalanzara y la violara hasta por las orejas. Echó una ojeada a la puerta cerrada del dormitorio como si esperase ver un líquido espeso rezumando a través de la rendija del suelo.

Maxine tenía un problema desolador, que me había confiado durante una de nuestras íntimas charlas de chicas. El problema era que engendrar a Norton prácticamente la había destruido, y no había método anticonceptivo en el mercado que se adaptara a su singular sistema. ¿La píldora? ¿Acaso la estaba incitando al suicidio? Le provocaba unas migrañas que maravillaban a la profesión médica. Los diafragmas se le salían disparados cada vez que le tocaba el gordo, que era siempre, y sus profusos fluidos corporales hacían lo propio con cualquier precaución que empleara el bueno de Jerry. La mera alusión a los DIU le provocaba hemorragias dignas de un zar, pero, según ella misma declaraba con discreción, Jerry era un ángel comprensivo. Al parecer, la solución final para aquella mujer trágicamente fértil era llevar una vida sexual mental; Jerry, supongo, llevaría a cabo la suya en las encías sangrantes de sus pacientes.

Maxine interrumpió mis cavilaciones preguntando si podía imponerme que le sirviera un vaso de agua. Mientras yo trasteaba en la cocina, mi amiga añadió hielo a su humilde comanda. Se acercó a ver cómo forcejeaba yo con la bandeja de los cubitos, que estaba más incrustada en el congelador que la espada del rey Arturo.

—Jerry me ha comprado una nevera nueva que es un primor —comentó con aire ausente—. Fabrica unos cubitos de hielo monísimos que caen directamente en un balde de plástico.

—Tráetela la próxima vez que te presentes sin avisar.

Le hice entrega de un vaso goteante. Maxine lo sostuvo como si el agua fuese puro cieno. Entre sorbito delicado y sorbito delicado me contó sus últimos problemas.

—Es una lata. Estoy haciendo una dieta que me obliga a beber entre ocho y diez vasos de agua al día. Me siento a punto de estallar, pero tengo que perder cinco kilos de aquí al viernes que viene, y se supone que es una dieta mágica. Deberías probar, Harriet. Cinco kilitos menos te sentarían de fábula. Naturalmente, tú no sufres las imposiciones sociales y las presiones para ser atractiva que padezco yo. Si a Claude le gustas tal como eres, supongo que puedes estar tranquila durante un tiempo. Pero ¿yo? Una invitación detrás de otra. La semana que viene toca Lenny. Si no llega a ser por Jerry, Lenny no tendría ni un diente, ¿sabes? Por eso nos ha estado suplicando que le reservemos un fin de semana para salir en su yate. Y ya conoces a Lenny, siempre rodeado de gente guapa, blanca y negra, añado con mucho gusto; la única condición es que sean famosos… Sabe Dios qué clase de competencia me encontraré en el yate de Lenny, y no tengo absolutamente nada que ponerme, nada que me quede bien aparte de lo puesto. ¿Cómo van las cosas con Claude? —zanjó para no transmitirme la impresión de que era una egocéntrica.

—Estupendamente —dije—, si tu ambición en la vida es ser un burdel con patas.

—Es espantoso, ¿a que sí? —Sus ojos repasaron la caótica sala—. No piensan en otra cosa. Mi Jerry me tiene que me subo por las paredes.

Su Jerry, el Semental Fantasma de Central Park West.

—Naturalmente, tú no tienes otra cosa que hacer. Pero ¿yo? Coordinar al servicio, planificar recepciones en casa, Norton, la *au pair,* mi psicoanalista, mi yoga, mi grupo de terapia, y ahora para más inri una masajista.

Recibí su conmiseración con los brazos abiertos.

—Tienes toda la razón. Mi vida con Claude es un frenesí carnal ininterrumpido.

Maxine se dio por aludida. Dejó el vaso de agua encima de la mesa de centro y se rodeó con ambas manos las caderas, cálices del amor.

—Le queda tan poco tiempo para estar contigo que seguramente se atormenta. ¿Cuándo abandona el continente?

La jefatura del Departamento de Inmigración no se habría mostrado más interesada.

—Con un poco de suerte, Maxine, tú te habrás largado de aquí antes de que él tenga que marcharse. ¿No es hora ya de que vuelvas a casa a limpiarle el instrumental a Jerry?

Consultó su reloj de oro, engarzado en un brazalete de oro y rodeado de pulseras de oro.

—Unos minutitos más. Quiero pasarme a saludar a Regina y todavía no ha vuelto. ¿Habéis hecho ya las paces?

—¿De quién me hablas? —pregunté, porque, de todos sus papelones hipócritas, el que yo más despreciaba era el de Maxine la conciliadora.

Iba y venía entre Rhoda-Regina y yo, informándonos a ambas de lo mal que estaba la otra. Cuando acudía a nuestro domicilio desde su propiedad de Central Park West se creía la reina Isabel en visita oficial a un hospital ugandés.

—No seas así, anda. —Esbozó su mejor sonrisa de la señora de Periodontólogo.

—Si te refieres a mi examiga Rhoda, no, no hemos hecho las paces. Y permíteme recordarte que, después de llevar veinticinco años llamando a una persona Rhoda, me resulta extremadamente difícil cambiar a Regina como si nada.

—Si a ella la hace feliz, ¿qué te cuesta a ti? —Maxine recitaba imitando a mi madre con una exactitud escalofriante.

—¿Y qué hacemos cuando decida que es Van Johnson? ¿Para eso también estarás preparada?

Maxine resplandecía; lo pasaba en grande a costa de mi sistema nervioso.

—Ha mejorado una barbaridad. Está esculpiendo otra vez. Ha recuperado su empleo en Greenwich House, y Sidney y ella parecen bastante en sintonía.

Me dejó estupefacta descubrir que estaba escuchando un diagnóstico del estado de R.-R.

—Magnífico —dije—. ¿Sigue la balanza marcando noventa kilos?

—No está gorda, Harriet. Es de huesos muy anchos —sentenció la enana feliz—. En fin, a lo que iba: creo de corazón que si te disculpas y le explicas tu versión de los hechos, ella estará encantada de perdonarte. Al fin y al cabo, una no tira por la borda así como así una amistad de toda la vida.

—Pues ella lo ha hecho —repuse con amargura—, y no me apetece hablar del tema. Si está demasiado enferma para entender que lo hice pensando en su bienestar, no quiero su amistad.

—Estás siendo muy injusta. —Los brillantes ojos castaños y perfectamente redondos de Maxine eran dos pozos de sabiduría judía—. Afectaría a la estabilidad mental de cualquiera despertarse de un sueño profundo y toparse con un negro desconocido en la cama.

La gran liberal ahora los llamaba a todos «negros», incluidos escritores, senadores, cantantes y hasta al portero.

Habíamos mantenido la misma conversación como mínimo mil veces, pero Maxine, cuyo cerebro tenía la misma madurez que su columna vertebral, no se cansaba de escucharla. Una expresión de dicha sublime se instaló en su cara de luna llena. Yo no tenía ninguna intención de pasar otra vez por lo mismo. Era necesario haber convivido con las contracciones nerviosas de Rhoda-Regina, con sus espasmos, su asma, su tic en el ojo, su tartamudeo, para comprender por qué yo me había embarcado en una misión de misericordia y había encontrado milagrosamente a un hombre que aplacara su tormento.

—Siento mucho no haber conseguido a Marcello Mastroianni, es que esa noche estaba muy liado preñando a Catherine Deneuve.

—Pero Regina estaba profundamente dormida.

—Rhoda despierta es infollable, y si este es el único tema que te queda en la agenda, puedo sobrevivir a que te largues.

Maxine se encendió otro cigarro con un chasquido impecable de su mechero de oro de dieciocho quilates.

—No hablaremos del asunto —convino rauda—, pero déjame añadir solo una cosa. Me parece que estás siendo injusta con Regina. La realidad es que ella te abrió las puertas de su casa cuando no tenías donde caerte muerta, sin blanca y sin casa; se te ha olvidado ya, pero eras un esqueleto andante cuando volviste a Estados Unidos. Y ella se portó contigo como una amiga de verdad.

Se me ocurrió que si untaba todo el cuerpo blando y achaparrado de Maxine con brillo de labios, probablemente lograría colarla por el tubo del incinerador.

—No te digo que no —repuse con amargura—. Desde luego se portó mejor que tú, que eres amiga solo de boquilla.

—Si vieras la pila de facturas sin pagar que tiene ahora mismo Jerry encima del escritorio, entenderías por qué no podemos andar regalando dinero por más que queramos.

—Ah, ¿entonces has venido a sablearme un par de dólares?

Con eso logré cerrarle la boca, aunque solo por un momento.

—Es imposible mantener una conversación contigo.

—No se te da mal —le recordé—. Y ahora, si no te importa, tengo invitados para cenar.

Maxine, que era la practicante de yoga más gandula de Occidente, no se movió de su posadero en el butacón de mimbre. La dejé allí y me metí en la cocina para guardar las compras. Solo su desgarradora tesitura de contralto vino tras de mí:

—Sé que no me creerás, pero Rhoda-Regina no es tu enemiga. Nada más lejos, está preocupada por ti. Hemos hablado de cómo te pasabas los días tumbada en el colchón de su estudio, demasiado agotada o demasiado asustada para salir. Cree que alguna calamidad te pasó en Europa, y yo también. Pero estás tan susceptible y tan furiosa que me da miedo que te me tires a la yugular si te pregunto.

Volví al salón y le gorroneé un Kool.

—¿Qué ocurrió en Francia? —Maxine se inclinó hacia delante, impaciente.

—Que descubrí que no era francesa.

—No. Algo pasó para que volvieras como volviste. ¿Fue por un hombre?

—Maxine, ya lo sabes, tuve mononucleosis.

Maxine desestimó la enfermedad con su mano bien casada.

—Mi médico dice que la mononucleosis es psicológica.

—Si me vas a soltar las peroratas de tu psiquiatra, llamo a la Policía para que te saquen de aquí.

—¿Ves? —dijo triunfante—. No atiendes a razones. Harriet, soy tu amiga más antigua, puede que la única. Así no puedes seguir. Tienes que ir a que te vea un médico. Te mandaría al mío, pero, sinceramente, no me apetece compartirlo con nadie. Es muy posesivo y pueril por mi parte, me hago cargo; llevo meses trabajándolo.

—Tienes mi promesa, Maxine, de que no te lo robaré.

—Pero, Harriet, tu actitud no es normal. Te llevan los demonios a todas horas, eres muy grosera y muy desagradable. Yo te conozco de toda la vida y te lo perdono. Pero te juro que no sé cómo lo aguanta Claude. Por este piso siempre parece que acaba de pasar un ciclón.

—También puedo vivir sin él.

—Algo no va bien entre Claude y tú. —Sopesó aquella posibilidad con el mismo afán que manifestaría el doctor Barnard al descubrir un corazón latiente en un donante maltrecho.

Me dije que uno de los peores aspectos de la ruptura sería el gusto gratuito que le daría a Maxine. Si al menos pudiera cobrarle entrada...

—Harriet, Harriet —gimoteó—, debes pedir ayuda. No puedes seguir por este camino, enemistándote con amigos, con amantes, con tu familia, con todo el mundo. Una mujer no es capaz de sobrevivir en esta sociedad completamente aislada, sin compañía, sin amor. Y la base de todo, de todos tus problemas, es que no te quieres a ti misma. Está más claro que el agua. Solo hay que ver cómo te estás dejando. Me parte el alma. Puro autodesprecio. ¿Cómo va a quererte alguien si no te quieres tú a ti misma? Ponte las pilas.

Me dio un repaso rápido de arriba abajo y se enfrascó en su visión cosmética del universo.

—Ponte unas mechas; unos reflejos por la zona delantera darían alegría esa expresión tan turbia. Hazte la manicura. Adelgaza un poco. Cómprate unos trapitos en condiciones. Es una pena que seas tan alta, si no, te regalaría ropa que yo ya no quiero. Mi chica va por ahí luciendo palmito que da gusto. Ponte guapa, que Claude se sienta orgulloso de que lo vean contigo. No es demasiado tarde. Todas las relaciones pasan por periodos complicados. No me creerías si te contara algunos de los obstáculos insuperables que Jerry y yo hemos dejado atrás, porque estábamos por la labor, porque arrimamos el hombro los dos.

Imaginaos mi sorpresa cuando me descubrí escuchando con atención los insultos de Maxine.

La muy perra captó el aroma de mi interés.

—¿Hay otra mujer? —preguntó sin resuello.

Si Maxine hubiera tenido una cola al final de la atrofiada columna vertebral, se habría puesto tiesa del todo. Ojalá mi vida hubiera sido el culebrón descabellado que ella ansiaba oír.

—¿Podrías conseguir no ser una imbécil durante cinco segundos al día?

—Entonces ¿qué es lo que está pasando entre Claude y tú? —preguntó—. ¿Acaso no tiene previsto casarse contigo y llevarte a París?

Si hay algo en esta vida que me crispa los nervios es que una exninfómana retaca y frígida dé por hecho que voy por ahí con la lengua fuera, sedienta de felicidad conyugal. Ni que decir tiene que, aunque Jerry y Maxine eran idealmente tal para cual y exaltadamente felices, habían aterrizado directos de la ceremonia nupcial a la terapia de grupo, pagando unos precios desorbitados a cambio del privilegio de insultarse mutuamente ante un público extasiado.

—Te prometo una cosa, Maxine, y luego aplazamos esta cumbre. Te prometo que el día que decida casarme con alguien a quien odie tanto como odias tú a Jerry, uno: serás la primera en saberlo, y dos: pediré ayuda a un profesional.

¿Acaso Maxine captó la indirecta y me dejó en paz? Ni por lo más remoto. Allí se quedó, radiante de superioridad.

—Querida mía, esa es precisamente tu enfermedad. Te crees que todo el mundo odia su vida. Estás equivocada. Yo no odio a Jerry. Lo amo. Puede que no se me desboque el corazón cuando entra por la puerta, pero con él soy feliz. Valoro su abnegación y su bondad. Amo a nuestro hijo, y nuestro hogar.

—Te pido mil perdones, pero si es el amor, el dulce amor, lo que te lleva a exhibirte por las calles como una *drag queen* desquiciada, si es la felicidad lo que te trae a mi casa husmeando como un gato callejero hambriento, me quedo con el odio y la desdicha.

Yupi. Por fin fui escuchada. No estaba hablando en una lengua muerta. Maxine se incorporó muy tiesa, metiendo tripa, y se puso en la piel de una *grande dame* en mi honor.

—No tienes remedio, tú y tus defensas. Estás aún más enferma de lo que me temía. Me recuerdas a una chica del grupo de terapia a la que tuvimos que expulsar. Si alguien daba en la diana de la verdad, se ponía a aullar como un animal acorralado.

—Conque eso es lo que me estás montando. Una muestra de una sesión de terapia de grupo. Pensaba que estábamos haciendo una audición para el *show* de Johnny Carson. Largo. Fuera de mi vista, vete a contarle a Rhoda que no tengo remedio antes de que se te olvide algún detalle de este interrogatorio.

En silencio, Maxine procedió a guardar de nuevo las toneladas de porquería que había exudado su bolso de vinilo. Podría haber disfrutado de la pequeña pero gratificante satisfacción de tener la última palabra, pero es evidente que a la diosa Fortuna la untan generosamente para que ignore mi existencia. En ese momento sonó el teléfono, y habría hecho falta una llave mortal de kárate en la yugular para deshacerme de la intrusa.

Era Claude; hablaba como si estuviera informando a su agente de la condicional.

—¿Harriet?

—Claude, mi amor, estaba esperando tu llamada.

Maxine se entregó a unos aspavientos dignos de Marcel Marceau para que saludase a Claude de su parte.

—Han cambiado los planes para esta noche —me dijo.

—Mecachis. Y yo que llevo todo el día deslomándome como una jornalera, cocinando, limpiando, comprando. Bueno, mi amor, cenaremos los dos solitos, en la gloria.

—¿Me dejas terminar? —me interrumpió.

—Soy todo oídos, cielín.

—He conseguido hablar con Charles y hemos quedado en cenar temprano en La Bonne Femme.

—Ay, no —dije yo, porque mi aborrecimiento de los restaurantes para maricas de la zona norte raya en la fobia.

—Harriet, estaba pensando que lo mejor sería que cenara yo solo con ellos y volviera pronto a casa.

Si no hubiera sido por la espía hostil que tenía sentada en mi salón, podría haber formulado mis objeciones de una forma muy explícita. Maxine sacó de su maletín un peine de metal y se toqueteó el estropajo jaspeado que tenía por melena para que pareciera que un batallón de mercenarios acababa de darle su merecido y un turco más que menos la trajera sin cuidado.

—No digas pamplinas —dije en tono alegre—, me encantaría ir con vosotros.

Se produjo una pausa muy larga al otro lado de la línea.

—¿Hola? ¿Claude?

—Estoy aquí.

—Estupendo.

—Creo que sería mejor que no vinieras esta noche.

—Cariñito, me presentaré en La Bonne Femme con mis mejores galas, te lo prometo.

—Por Dios bendito. ¿Te comportarás con Charles y su novia?

—Me muero por conocerla. No me lo perdería por nada del mundo. ¿A qué hora me has dicho?

Se hizo otro silencio monstruoso. Maxine estaba inclinada hacia delante en el borde del sillón, sin duda sintiendo un hormigueo en su flexible columna vertebral.

—A las siete… —dijo Claude por fin—. Pero como la armes…

—¿Ese sitio no es donde sirven unas tablas de queso espectaculares con galletitas saladas partidas?

Esta vez el silencio no dio lugar a confusión, porque Claude colgó aparatosamente el auricular.

Puesto que ya no había necesidad de remangarme y meterme en el papel de fregona, me desplomé en el sofá y me encendí un Marlboro.

Por la cara que puso, me di cuenta de que Maxine había optado por perdonarme. Que no se dijera que el orgullo se interponía en el camino de su placer.

—Puaj —dije—. ¿No podría inyectarme Jerry un poco de novocaína en las encías y provocarme una sonrisa paralizada para esta noche?

—¿Por qué no has saludado a Claude de mi parte? —quiso saber mi okupa haciendo pucheros.

—Por lo que más quieras, Maxine, ¿puedes dejar de pensar en tu ombligo durante un segundo nada más?

Yo andaba ya enzarzada en la cuestión de qué ponerme. Recibiendo en casa habría estado sublime descalza y con una túnica de oración birmana color azafrán, pero presentarme así ante una jauría de maricones hostiles habría hecho reflexionar hasta al hada madrina de Cenicienta.

—¿Qué os pasa a Claude y a ti?

No pude responder porque, por increíble que parezca, unas lágrimas de exasperación me inundaron los ojos y la garganta. Mi invitada se levantó del butacón de mimbre levitando y aterrizó a mi vera.

—Harriet, puedes contármelo. Deja que te ayude. Me doy cuenta de que estás pasándolo mal.

—Maxine, por favor, lárgate de una puta vez.

—Pretende ponerte de patitas en la calle —anunció con una precisión horrenda—. Vas a encontrarte en el mismo atolladero que cuando te recogió. Harriet, Harriet —gimió, y se me pasó por la cabeza, que de las incontables traiciones perpetradas por mi madre, llamarme Harriet había sido la más infame—. No puedo quedarme de brazos cruzados viendo cómo echas tu vida a perder. No puedes malgastar más años en estas relaciones sin futuro. Tienes casi treinta años. ¿Qué va a ser de ti?

Entonces me asaltó la pesadilla fugaz de verme, vieja y gris, dispensando toallitas de papel en los aseos del Bloomingdale's.

—Tú no eres como yo, que nací para ser madre y esposa, ni siquiera como Regina. Ella es artista, profesora. Sabe cuidar de sí misma. Pero ¿tú? ¿Qué sabes hacer tú? ¿A qué aspiras? Hay que tener aspiraciones en esta vida.

—Aspiro a que dejes de torturarme, Maxine, y te vayas a tu casa.

—Soy tu amiga, Harriet. Te lo suplico.

Juntó las manos y, si no llega a ser por el par de domingas judías que sobresalían en mi dirección, podría haberla confundido con Deborah Kerr.

—Por favor, ve a un psicoanalista, a una clínica, a un grupo, pide ayuda antes de que sea demasiado tarde, antes de que desperdicies tus oportunidades de tener algo permanente, algo auténtico. Una mujer necesita seguridad. Un hogar, un espacio. No digo que tengas que pasar por el altar, aunque yo sé que te casarías con Claude sin pensártelo ni un segundo si te lo pidiera, pero de algún sitio has de sacar un poco de estabilidad, o estarás perdida.

—¿Yo, casarme con Claude? Tú estás mal de la cabeza —chillé—. Solo sabéis pensar en el matrimonio, tanto Claude como tú.

—No intentes convencerme de que te ha pedido que os caséis, querida mía. Él conoce tus antecedentes. Sabe que has ido pasando de mano en mano y lo que hará será ponerte en circulación de nuevo. ¿Por qué iba a mirar él por ti cuando no miras tú por ti misma? Claude se casará algún día, pero no contigo. Conocerá a una chica respetable y fundará un hogar respetable. Créeme, yo sé lo que quiere Claude.

Me tenían hasta las narices sus celos repugnantes.

—Maxine, estoy harta de aguantar cómo babeas por Claude. Yo no te obligué a casarte con esa nauseabunda bola de grasa de la que no paras de quejarte. Si no eres feliz, pues te divorcias, pero te aconsejo que no lo hagas por Claude. Si no fuera yo tan patológicamente incapaz de hacer daño a mi prójimo, te revelaría lo que Claude piensa de ti en realidad, la respiración artificial que he tenido que practicarle después de que lo asfixies con tus tetorras montañosas. No pocas veces he tenido que recordarle que eres mi amiga y pedirle que te trate con respeto. Ahora veo que me equivocaba, porque esas fantasías tuyas están comiéndote el poco seso con el que viniste al mundo.

Resultaba gratificante ver cómo la enajenación vivaracha abandonaba el semblante seboso de Maxine. Me recordó a Joan Fontaine cuando Rochester la sube a la torre para presentarle a la loca de su esposa. Maxine se irguió sobre sus plataformas de pedrería, pero se negó a mostrarse ofendida. Estaba empecinada en dispensarme su perdón. Sospeché que si hacía amago de hincarle un clavo en el cráneo, su comprensivo rostro no perdería la expresión de comprensión.

—Solo espero que averigües qué es lo que necesitas antes de que sea tarde.

—Gracias. Yo solo espero que tú no lo averigües, de lo contrario te encaramarás a la azotea de tu casa y te convertirás en la primera asesina de masas en toples de Central Park West.

Entonces me hizo una promesa fabulosa:

—Te llamo en cuanto vuelva del yate de Lenny para contarte todo.

—¿Quién demonios es ese tal Lenny que no se te cae de la boca?

Antes de cerrarle la puerta a sus pantalones de tiro bajo a punto de estallar, vi el envase rosa chillón de la crema hidratante que la bruja celosa había dejado encima de la mesa de centro. Lo agarré al vuelo, eché a correr en dirección al rellano y lancé el frasco de veneno hacia la pigmea en descenso.

# 5

Después de tan estimulante violación de la intimidad, os podréis imaginar las ganas que tenía de reunirme con Claude y compañía para cenar. Aunque yo sabía que la única ilusión en la vida de Maxine era mantener conversaciones con el corazón en la mano que dejasen postrada a su víctima, boqueando para recuperar el aliento, yo, por cortesía, le había permitido entrar en mi casa, de modo que ahora ella pudiera bajar rauda al apartamento de Rhoda-Regina y seguir disfrutando de una tarde perfecta. Me daba la sensación de que, si pegaba la oreja a los tablones del suelo, oiría a Maxine paliando el sufrimiento de R.-R., informándola de mis inminentes desavenencias con Claude. ¿Por qué sufría Rhoda-Regina? Buena pregunta; la única conclusión a la que llegaba era que sufría porque no podía evitar compararse con la gente normal y corriente. Bien se lo había advertido yo.

—Rhoda —le decía—, no te tortures con comparaciones. Cinco años en Europa me han transformado por completo, mientras que tú, salvo por los kilos que has ganado, sigues siendo la misma *boy scout*.

Siempre le tomaba el pelo a Rhoda con eso porque cuando nos conocimos, a la tierna edad de seis o siete años, cuando residíamos en unos semiadosados de Brooklyn, ella solo usaba ropa de chico, debido a que tenía tres hermanos mayores, todos varones, y a que su padre era sastre. El resto era mero sentido común judío. ¿Qué iban a hacer con los pantalones cuando al hijo menor se le quedaran pequeños? ¿Preparar salchichas *kishke*? Cierto que, de niños, todos nos burlábamos de Rhoda-Regina de una forma sana, pero a juzgar por los diez años ininterrumpidos de análisis que lleva, cualquiera diría que, de no ser por esos atuendos, actualmente sería la viuda de Aristóteles Onassis. Que también hubiera heredado la musculatura de su padre nunca le pareció un obstáculo para la perfección femenina. Por lo demás, si la mujer ideal vivía automáticamente en un paraíso al más puro estilo Zelda Fitzgerald, ¿por qué no era mi vida un fandango delirante? Claro que R.-R. no dedicaba ni un segundo de sus incesantes cavilaciones a reflexionar sobre el destino de los demás. Por muy normal o despreocupada que pareciera, bastaba con guiñarle un ojo y decirle «El hábito hace al monje» para que una erupción volcánica se desatara ante tus ojos. Rhoda-Regina había sido mi amiga más antigua, la mejor. La conocía casi desde que me conocía a mí misma. Estudiamos juntas, solo que ella, mujer insegura como la que más, había seguido recopilando titulaciones. Nos embarcamos juntas rumbo a Europa, donde yo me iba a quedar cinco años decisivos, durante los cuales salí de mi crisálida brooklyniana y me metamorfoseé en una criatura de orígenes indeterminados, mientras Rhoda-Regina apenas si aguantó el primer verano y regresó a toda prisa con su amado salteador de caminos psicoanalista igual que Drácula recula hasta su ataúd cuando raya el alba.

Un consejo. Si por un casual eres ciudadano estadounidense, de pura cepa, y estando en el extranjero te ves en un apuro, dirígete de cabeza a la embajada de Etiopía. No bromeo. Cuando pedí ayuda al cónsul de Estados Unidos, me metió en un avión a Nueva York tan rápido que no tuve tiempo de despedirme de mi gran amor, MacDonald. Él todavía cree que estoy ingresada en el hospital Americano de París recuperándome de un brote de mononucleosis. Los muy mafiosos no se arriesgaban a dejar que un espíritu libre se les escapara de entre los guantes de cuero negro. Incluso me confiscaron el pasaporte, que sin duda está actualmente en posesión de la señora de Martin Bormann.

Una vez que los burócratas hubieron acabado conmigo, no me quedaba nadie a quien recurrir salvo Rhoda-Regina. Mis padres adoptivos habían trasladado el chiringuito a Los Ángeles; Elizabeth y Richard estaban incomunicados en su yate; Jackie y Ari andaban otra vez a la gresca; Maxine me había colgado el teléfono. Desesperada, me arrastré hasta la puerta de R.-R. y llamé al timbre. Traté de disimular mi conmoción al ver la ensanchada corpulencia de mi amiga. Rhoda-Regina parecía una versión gigantesca de la Estatua de la Libertad después de que unos vándalos le hubieran arrancado la antorcha de la mano.

—Sorpresa —dije—. Soy yo, Harriet.

—¿Harriet? —masculló sonámbula.

En cierto sentido altruista, había llegado justo a tiempo.

—Te habría escrito —le expliqué—, pero resultó que una carta tardaba más en llegar que yo. Ja, ja. ¿No vas a invitarme a pasar?

Con aquel saludo circunspecto empezó mi calvario. Al principio, Rhoda-Regina agradecía sinceramente mi compañía, pero enseguida me quedó claro que solo le interesaban las muchas ventajas de mi tonificante personalidad y no quería saber nada de los inevitables inconvenientes. A fin de cuentas, cuando dos individuos conviven, independientemente de su sexo, deben tener en cuenta las discrepancias en cuanto a gustos, de lo contrario esas dos personas empezarán a sentirse como una familia calcutense de quince miembros hacinados en una cañería. Era como si Rhoda se negara a reconocer mi existencia corpórea. Yo no soy un genio. No me desvanezco dentro de una lámpara tras resolverle la papeleta a mi amo. Que tenga una perspicacia sobrenatural no significa que sea otra cosa que una mujer de carne y hueso con apetencias ordinarias. Lo reconozco sin reparos, una confesión para el mundo entero: necesito un lugar donde dormir, un lugar tranquilo y con intimidad, y no un colchón en el suelo del estudio de una maniática. En ningún momento conseguí transmitirle esta verdad tan sencilla a Rhoda-Regina. Para ser una revolucionaria por los cuatro costados —así se autoproclama ella—, una defensora de los derechos de las mujeres, de los negros, de los presidiarios, de los portorriqueños, de los homosexuales y de los vietnamitas, cuando eran mis derechos los que estaban en juego R.-R. echaba mano de los viejos y queridos límites capitalistas. En resumen, Rhoda-Regina se negó a renunciar al dormitorio, la única división lógica del espacio, ya que esperaba que me eclipsara de su estudio cada vez que ella sentía el impulso de seguir creando ridículos torsos de plástico. No soy una máquina. No soy una autómata. No tengo un botoncito de encendido y apagado. Pido perdón. Soy humana. Mi estado físico y mental me afectan.

Reconozco que me hizo falta una cura de sueño a mi regreso a Estados Unidos. Ocurrió también, por culpa de los cinco años transcurridos en otro huso horario, amén del *jet lag* —que es un hecho científicamente demostrado—, que dormía a horas imprevisibles. Pégame un tiro; o, mejor aún, cédeme el dormitorio e ignórame.

Que no es que ella necesitara el dormitorio con fines románticos. Jamás. Como invitada en casa de R.-R., podías llegar a la conclusión de que una hepatitis infecciosa había erradicado a la totalidad de la población masculina blanca.

Las supuestas esculturas de Rhoda conseguían que dormir en el estudio supusiera una pesadilla con los ojos abiertos en la que era enterrada en una fosa común. Como quizá ya haya comentado, mi amiga se autodenominaba artista. ¿Y por qué no? «Solterona» nunca ha sido la imagen más halagadora que una puede dar de sí misma. Siendo como era una *boy scout,* no podía proclamarse artista y punto. No, para nada, ella se sentía en la obligación de fabricar objetos con el fin de ser digna de tal etiqueta. Y lo que Rhoda fabricaba eran fragmentos corporales de plástico. Pulgares de metro y medio de altura. Labios por los que podías pasearte. Orejas en las que zambullirte, y luego, en el otro platillo de la balanza, siluetas íntegras de diez centímetros, piernas que podías colgarte de una fina cadenita de oro, manos microscópicas que encontraban acomodo en la cabeza de un alfiler. Aquellas amputaciones plásticas ocupaban todo el espacio porque, huelga decirlo, no había multitudes agolpándose delante de su puerta para quitarle sus elaboraciones de las manos. No hacía falta ser Sigmund Freud para interpretar su fijación con el tamaño. Una persona con las proporciones de Rhoda-Regina debía de oscilar entre sentirse cautiva en territorio pigmeo o una giganta capaz de colgarnos a todos de su pulsera de dijes. Cuántas veces no le dije:

—Rhoda, deja de darle vueltas al coco con tu tamaño. Tener una silueta perfecta puede ser una bendición, pero créeme, no es lo único en la vida. Cuando menos te lo esperes, aparecerá un santo varón que no le dé una importancia capital a las proporciones, pero si consigues arrastrarlo hasta aquí, prepárate para hacerle el boca a boca.

Esa grandísima liberal me quería despabilada, alerta, disponible, que buscara trabajo, hiciera la compra y limpiara a todas horas, excepto —importante excepción— a las horas de las comidas. Más adelante me quiso muerta. A tenor de sus discursitos, cualquiera pensaría que echarle una taza de agua de más a la sopa convertiría a Rhoda-Regina en una indigente. En verdad me duele hacer acusaciones mezquinas. La mía es una naturaleza espléndida y generosa, y por eso no es propio de mí fijarme en lo ruin que es prácticamente todo quisqui. Santo Dios, racionaba los alimentos como si fuéramos náufragas en un bote salvavidas. Como defensora de los derechos de las mujeres, se jactaba machaconamente de que odiaba cocinar. A mí, que soy como si dijéramos europea, cocinar me encanta, pero no si lo que se espera es que frote dos patatas y genere un banquete. Por lo demás, todo lo que suele decirse sobre dos mujeres en una cocina es cierto, lo que tal vez explique, con liberación femenina o sin ella, por qué los grandes chefs son siempre hombres.

Así pues, Rhoda se encargaba de guisar y yo de las compras, porque no soy telépata, y mi examiga, invariablemente, intentaba estirar para una semana de cenas lo que apenas daba para una comida de dos platos justita. Puesto que mis hábitos de sueño eran irregulares para sus estándares, se deduce que mis hábitos alimenticios eran igualmente reprobables para Rhoda-Regina. Admito sin apuro —permítaseme brindar esta información— que no soy un perro de Pávlov. Me da hambre cuando me da hambre, no cuando alguien toca una campanita. Es verdad que puedo comer solo porque lo requiera el contexto social, pero una bajada de azúcar aguda es harina de otro costal. Yo cometía la osadía de necesitar alimento cuando a juicio de Rhoda-Regina debería haber estado en las calles manifestándome, haciendo sentadas, protestando, cualquier cosa menos comer.

Una noche Rhoda-Regina volvió tarde de la bicoca que había encontrado como docente, un modesto y cómodo sistema donde, por treinta y ocho dólares diarios del dinero de los contribuyentes, divulga los misterios del lóbulo de oreja de plástico a niños procedentes de minorías, una información que sin lugar a dudas los saca automáticamente del gueto y los mete en la función pública.

Fue directa a la nevera como perro que obedece a un silbido supersónico. Al principio pensé que estaba sufriendo un ataque de apoplejía porque no me había dado tiempo de lavar la fuente; se exigía a las reclusas que mantuvieran limpios sus pertrechos. Poco a poco caí en la cuenta de que estaba flipando por culpa de un ligero tentempié que yo había ingerido con el fin de combatir la inanición por falta de proteínas.

—Será broma, Rhoda —me defendí.

Me resistía a enemistarme con ella, pero que alguien te ofrezca cobijo un par de días no le da derecho a hacer de ti su chivo expiatorio. He aprendido por las malas cuándo es conveniente disculparse. Si por lo que sea mi comportamiento incomoda a alguien, soy la primera en pedir perdón, pero me niego a ir por ahí excusándome por ejercer funciones sanas y habituales. Mis normas incluyen poner freno a la desnutrición aguda.

—¿Es que no tienes ni una pizca de consideración? —Acunó la fuente vacía contra su seno ancho y plano—. ¿Tanto te costaba dejar un poco de carne asada para mí?

Entonces empleé lo que podría parecer una táctica de lo más extraña, incluso deshonesta para cualquiera que no se haya sometido a la mirada escrutadora de Rhoda-Regina. Dije:

—¿Qué carne asada?

Ahogó un grito y soltó la fuente, lo que en un primer momento me llevó a pensar que la había roto, hasta que identifiqué la sangre que le embadurnaba la parte delantera de la toquilla blanca de croché como inofensivo kétchup americano de toda la vida. Rhoda-Regina sentía debilidad por los ponchos, toquillas, capas y faldas con volumen, disfraces comunistas que la muy palurda creía que disminuían su corpulencia.

—La carne asada que había en esta fuente, cerda.

Rhoda-Regina era una persona que, cosméticamente hablando, no podía permitirse el lujo de ponerse furiosa. Su tez pasó de cocida a cruda, y los ojos redondos y castaños de perrillo bajo sus pobladas cejas negras se amusgaron hasta convertirse en dos albóndigas carbonizadas.

Rhoda-Regina se miró la toquilla manchada.

—¿Kétchup? —La palabra salió como un siseo de su cabeza guisada—. ¿De dónde narices sale este kétchup?

Huelga decir que salía de la fábrica Heinz, pero no la vi de humor para bromas.

—Ah, claro —dije con ánimo de resolver el misterio—. Es que Sidney lo baña todo en kétchup».

—¿Sidney? —Su cara recobró un color más normal; para ser ella, me refiero. Acababa de romperle la espina dorsal a su ataque.

—Ha pasado a verte esta tarde —añadí con vistas a administrar un tratamiento satisfactorio.

Pero Rhoda-Regina se olió la tostada.

—Sidney sabe que los martes trabajo.

Dios, su mente enfermizamente celosa ya andaba poniéndose en lo peor. Por solventar una crisis había creado otra. Aunque yo no habría tocado aquella morcilla ni con un palo de tres metros de largo. Estas hembras absurdamente competitivas nunca se paran a considerar que un objeto sexual altamente deseable cuenta con el privilegio de escoger y seleccionar.

—Rhoda, por favor —le dije—, controla esa cabecita suspicaz. No tengo ningún interés en Sidney, a pesar de lo que él pueda sentir por mí.

—Sidney no ha estado aquí —insistió muy desesperada—. Te lo has inventado. La carne asada te la has zampado tú.

—¿Quién se ha zampado la carne asada? —canturreé—, una nueva revisión musical de los Juglares Musulmanes.

Creo que no es necesario señalar que la señorita Stonehenge ni siquiera esbozó una sonrisa. ¡Sidney! Solo Rhoda-Regina podía perder la cabeza por aquella imitación negra de una fantasía de violación. Qué relación tan ardiente mantenían. Sidney se paseaba con su ridículo atuendo de cuero negro con el que, supongo, pretendía gritar a los cuatro vientos que era un *sex symbol,* pero a mí me evocaba a un buzo de aguas profundas. Prácticamente había que ayudar a la momia de cuero a sentarse y levantarse de la silla para que pudiera ir al baño rechinando. Como le decía a Rhoda-Regina:

—Menos mal que no se pone la capucha, si no, necesitaríamos una grúa.

Aquellos dos objetos inamovibles se acurrucaban frente a la chimenea de mis aposentos, obligándome a participar en su tierno romance desde mi fino jergón. Aquellas noches Rhoda-Regina se ofrecía a reubicarme en su valiosísimo dormitorio, pero no, gracias. No soy un peón en un tablero de ajedrez.

La parejita de coleccionistas de injusticias retozaba hasta las tantas de la madrugada, comparando las tribulaciones que acarrea ser un inadaptado. Llegaban a convencerse mutuamente de que un cambio de rumbo político los volvería más deseables. Si acaece algún día esa revolución, por favor que alguien me encierre en un búnker de cemento desocupado.

—Mirad —los interpelé una noche desde mi colchón—, no he podido evitar oír vuestro debate político y, sinceramente, si os interesa mi opinión…

—No nos interesa —gruñó la señora del equipo.

Pero Sidney, que raras veces tenía ocasión de conversar con una mujer blanca de mi calibre, le calló la boca.

—No digas tonterías, Regina —dijo con una voz sedosa que, de oírla por la radio, evocaría la imagen de un zalamero *playboy* abriéndote la puerta de su Rolls-Royce—. Oigamos tu sincera opinión, Harriet.

Sidney pronunciaba tu nombre cada vez que se dirigía a ti, un detalle amable que había adquirido a través de un cursillo de buenos modales por correspondencia. Por un clavo se perdió…, ya sabéis, y aquel fue el primer clavo en el ataúd doméstico que compartíamos Rhoda-Regina y yo.

Sin apartar ni un segundo sus ojos fascinados de mi carismático ser, Sidney encendió el cigarrillo de Rhoda. Paul Henreid estaba vivito y coleando dentro de un cuerpo negro en Morton Street.

—Te escuchamos, Harriet. —Su voz fue una caricia.

Rhoda-Regina dio una calada feroz.

—Pues bien, sobre las relaciones entre hombres y mujeres, cuando vivía en el extranjero, en Roma, en Londres, en París, donde fuera, te alegrará saber que a nadie le importaba si el hombre era blanco o negro, pero las mujeres, sin embargo, solían ser blancas. Al fin y al cabo —me reí con un deje conspirativo, como diciendo «Ignoremos a Rhoda-Regina»—, si los hombres negros estuvieran satisfechos con las mujeres negras, se habrían quedado en su casa, que desde luego no era París, pero a lo que me quiero referir es a que los hombres extranjeros no se sienten castrados porque una mujer extranjera les dé la hora, excepción hecha de un puñado de negros importados, mejorando lo presente. Gracias a Dios, no tuve que bregar con ellos, porque ni soy ni he sido nunca una rubia tonta. Ni yo, ni las demás mujeres que no andan buscando un toro negro para que las ponga marcando el paso, y te sorprendería descubrir cuantísimas somos. A ojo de buen cubero, más o menos, te diría que la totalidad de la población femenina de Suecia y Alemania. En cualquier caso, las mujeres normales no intentaban conseguir mediante exhibiciones lo que nosotras podíamos demostrar en la cama, no sé si me explico. Sin embargo, en una cultura como la que impera donde estamos debatiendo, donde las diferencias sexuales no abocan a la relación sexual, que es la regla general en Europa, por supuesto llegas a indignarte no solo por las distinciones de color, que a fin de cuentas son evidentes, sino también por las distinciones sexuales, que en mi franca opinión son una verdadera bendición.

La embelesada atención de Sidney, sus orientales ojos rasgados fijos en mí y sus manos oscuras y bien moldeadas acariciando con suavidad su barba recortada a lo Otelo hicieron que perdiera el hilo de mi argumentación.

—¿Qué estaba diciendo? —me interrumpí en tono plácido. Por suerte, no estaba encima de un escenario, donde tendría que haber seguido interpretando mi papel, aunque eso implicara inventar cualquier sandez.

—Creo que ya lo has dicho todo. —Los dientes inmaculados de Sidney refulgieron en su rostro oscuro.

Si hubiera sido yo una masoquista hambrienta de sexo, podría haberme conquistado. A eso, queridos amigos, se redujo mi apasionada aventura con Sidney. Y ahora, que alguien trate de hacérselo entender a mi celosa amiga Rhoda-Regina. La pura verdad es que Sidney y yo prácticamente no nos dirigíamos la palabra. Hasta donde yo sé, fue su ostentosa manera de evitarme lo que le puso la mosca detrás de la oreja a R.-R., pues Rhoda no se quedaba a la zaga en la búsqueda de razones para ser una desgraciada.

Pero volvamos a la famosa conflagración.

—Maldita sea —estalló Rhoda—. Levanta ese cuerpo mugriento del colchón. Te pasas ahí los días y las noches, tirada como una babosa. Solo te mueves cuando te cuelas en la cocina y devoras hasta la última migaja de comida que haya en esta casa. ¿Acaso soy tu criada? ¿Tu cocinera? ¿Quién leches te crees que eres, postrada como una inválida y quejándote, siempre quejándote del servicio, de las molestias? Me estás volviendo loca, ¿me oyes? Dice mi analista que como no te eche de mi casa va a dejar de tratarme. Pero yo no te voy a echar. ¡Yo te voy a matar!

(Nota: A Rhoda-Regina le resultaba virtualmente imposible mantener una conversación normal sin aludir al menos una vez a su supuestamente infalible analista, en cuya boca solía poner pensamientos y palabras que a mí me sonaban rotundamente a obra de Rhoda-Regina. Era como si al endilgar un «mi analista» a sus opiniones intrascendentes estas se ganaran el sello de aprobación de la buena ama de casa).

Sentí una leve conmoción, un *frisson,* como decimos en París, cuando reprodujo aquellas extraordinarias sentencias sobre echarme de casa. Yo sabía que me las veía con una persona perturbada pero, perturbada o no, hasta que me asesinara y fuese apartada del seno de la sociedad, el apartamento seguía siendo su prisión militar particular. Entrar en él era someterse a su ordeno y mando. Por muchas amenazas que yo le relatase a la Policía Local, mientras no estuviera en condiciones de presentar mi cuerpo mutilado como prueba fehaciente de que R.-R. estaba criminalmente loca, mi amiga se acogía a sus derechos legales.

Rhoda-Regina, que estaba chiflada, pero tonta no era, sabía esto y daba rienda suelta a sus cambios de humor. La luna de miel había terminado. Había llegado el momento de hacer una revaluación exhaustiva.

—Me estás arruinando la vida. Odio volver a mi casa después del trabajo. No puedo invitar a mis amistades sin que las difames. Me estás costando una fortuna. Por más comida que compre, a la mañana siguiente ya no queda nada. Jamás expresas la más mínima gratitud, nunca das las gracias, nunca te ofreces a echar una mano.

Era como estar atrapada en una habitación con una de esas locas que se ven a menudo paseando por las calles de Nueva York y que mantienen acaloradas discusiones consigo mismas. ¿Por qué no me había percatado de lo enferma que estaba? ¿Por qué no había entendido el significado de aquellas capas demenciales de echarpes? Pobre Rhoda-Regina. Qué desamparado destino la aguardaba. No soy médica. No llevo encima una aguja hipodérmica con la que administrar sedantes. Por lo tanto, no me quedó más remedio que esperar a que el ataque remitiera.

Me quedé tumbada con los brazos cruzados sobre los pechos. Una reina difunta en descanso eterno en su sarcófago. Y ¿a que no sabéis lo que pasó? Como si no tuviera ya bastante con los problemas de Rhoda-Regina, allí, bajo mis dedos inmóviles, palpé una protuberancia desconocida del tamaño de una piña. Era pronto aún para saber si el tumor era maligno. Mis brazos y piernas se licuaron y el techo se onduló vertiginosamente ante mis ojos. Justo lo que necesitaba, que me cercenasen el pecho izquierdo. Mi perfecta simetría destruida. No. Si era maligno, suplicaría a los cirujanos que me desenchufaran el oxígeno. Pero ¿lo harían? ¿Podían dejar morir a una muchacha joven y hermosa en la mesa del quirófano? Por muy carniceros que sean los médicos, no dejan de tener una familia a la que mirar a la cara.

—¿Cuándo narices te vas a largar de aquí? —Su voz distante se filtró a través de la sangre que me latía en los oídos.

—En cuanto se libere una cama en cualquier hospital de la ciudad —repuse.

—¿De qué hablas?

—No quería contártelo, para no preocuparte sin estar del todo segura. Pero ahora lo estoy. Rhoda, tengo cáncer.

En la habitación se hizo un silencio conmocionado y grato, y en esas Rhoda-Regina, que no estaba totalmente desprovista de sentimientos humanos, emitió un largo y grave alarido animal y salió corriendo del apartamento.

Por fin sola, obligué a mi disciplinado cerebro a ignorar el cáncer y concentrarse en la locura de Rhoda-Regina. ¿Qué era lo que aniquilaba su mente? ¿Podía yo ayudarla? ¿No habría aparecido en el umbral de Rhoda-Regina con un propósito concreto? Una voz más profunda, una voz cósmica, si se me permite la expresión, me susurró al oído: «Ayuda a Rhoda».

Se dice pronto. ¿Por dónde empezar a abordar aquella tarea mastodóntica? Medité. Vacié mi mente sobrexcitada como si fuera un acomodador desalojando una sala abarrotada. Pronto recibí mi recompensa. Desde las hondas trincheras de mi inconsciente brotó un pensamiento. El pensamiento de que Rhoda-Regina nunca había experimentado un gozo sexual ordinario. Aguardaba a que yo la guiase de la mano hasta el mundo real. Su tapadera de liberación femenina jamás le proporcionaría la atención y la ayuda que necesitaba. La única actitud sexual que le habían permitido expresar era un resentimiento marcado y constante por no poder afiliarse al sindicato de camioneros. ¿Habría pecado yo de poco tacto cuando le dije:

—Rhoda, *a priori* no tengo nada en contra de tus clases de kárate, pero en vez de depositar todas tus esperanzas en un violador, ¿no tendría más sentido una sesión de *cruising*?

Sí, me mortifiqué sin piedad. Había pecado de poco tacto. Fuera cual fuera el ínfimo beneficio que Rhoda extraía de los otros mamarrachos de su grupo de concienciación, este quedaba automáticamente anulado cuando volvía a casa para enfrentarse a mí. Saltaba a la vista que yo no había alcanzado mi envidiable conciencia en una habitación llena de insatisfechos chillones, sino entre los brazos del tirano máximo, de un hombre insaciable.

Justo cuando me amodorraba, se me impuso la solución a través de mi sistema de megafonía, perfecto en su simplicidad. Encontrarle un amante a Rhoda-Regina. Muchas gracias, pero ¿dónde? Tendría que tener un sentido del humor o una dedicación verdaderamente excepcionales para vérselas con aquella pequeña senderista. Sin la chequera de Howard Hughes a mi disposición, ¿cómo localizar a un espécimen tan raro y sobornarlo para que cayera en las garras de Rhoda-Regina? No sería fácil una vez que viera a la dama de hierro en el suelo, pero la experiencia me había enseñado que una vez que se avista el problema, se avecina la solución. Encontraría la manera. Qué suerte la de Rhoda. Yo debería tener una amiga así.


El resto de mi estancia con Rhoda-Regina son los huesos resecos de la historia. ¿Para qué desenterrarlos? Basta con añadir que el estado de mi amiga no admitía ya ayuda de ninguna clase. Sufrí el clásico destino del buen samaritano. Un juramento: si alguna vez me topo con Rhoda-Regina tirada en la cuneta y desangrándose, con sumo cuidado pasaré por encima de su cuerpo maltrecho y seguiré mi camino. Que el cielo la juzgue, como se suele decir. Al fin y al cabo, ¿habría yo respondido al anuncio de haber imaginado por un segundo siquiera que aquello significaría el hospital Bellevue para Rhoda-Regina?

Puede que no sea ninguna santa, como mujer excepcionalmente telúrica que soy, pero ¿atormentar adrede a Rhoda-Regina, como la muy lunática sostenía a la vez que tiraba mis efectos personales por la ventana del estudio? Cuando di con él, el extranjero ideal que enunciaba sus aptitudes en uno de los valiosísimos periódicos comunistas de R.-R., un bonus político que yo no albergaba esperanzas de añadir, estallé en aleluyas. El anuncio decía así:

Hermano del alma, excepcionalmente dotado, desea hermanas, solas o en grupo. Medidas, color, edad, sin obstáculos. Experto francés y griego; foto a petición. Escribir a Box 7961.

Déjate de fotos, número 7961. El puesto es tuyo. Todas las piezas iban encajando, algo que suele suceder cuando establezco contacto con mis poderes inescrutables.

Respondí al candidato a vuelta de correo, en una carrera contra la interminable cantinela de R.-R.: «Quiero que te vayas hoy mismo». La distraje recurriendo a la alocada patraña de que un cheque paterno estaba en camino desde los páramos de Los Ángeles; sopesé en voz alta si debía actuar con egoísmo y comprar un pasaje de solo ida a París para regresar con mi verdadero amor, MacDonald, o si mi deber se imponía en la dirección opuesta, con los niños de oro del Oeste empobrecidos cultural y espiritualmente. La perspectiva de que se establecieran grandes distancias entre nosotras aturdió por un momento a la bestia, y la hipnoticé con especulaciones sobre mi inminente partida, hasta que conseguí a una Rhoda atontada y ronroneante frente al humilde fuego del hogar. No me desviaré aquí para describir la mezquindad con que la muy avara racionaba la leña, como si estuviéramos confinadas en el Ártico a la espera del deshielo primaveral. De no ser por mi chaquetón de piel de ardilla genuina, un buen día Rhoda-Regina habría vuelto del trabajo y la habría recibido mi cadáver tieso. Vivía, dormía y comía con el chaquetón puesto, acaso entrando en su juego ruin, para que ella se ahorrase la dolorosa confrontación con mis gracias innatas y discretas. Entre las temperaturas gélidas, que se mantenían ostensiblemente para proteger sus monstruosidades de plástico, y los restos de comida de los que se esperaba que me alimentara, R.-R. se las arreglaba para tenerme inmovilizada en el colchón, viva de milagro en mi sepulcro forrado en piel.

No tengo un carácter vengativo. Jamás se me ocurriría vaciar todos los cubos de basura de Morton Street delante de la ventana de Rhoda-Regina, con sus barrotes recién estrenados, como tampoco soñaría siquiera con dirigir una carta anónima al Departamento de Inmigración informando de las orgías antiamericanas que se celebran con frecuencia en el apartamento (ilegalmente ocupado) de Claude. Lo pasado, pasado está, es mi lema. Siempre que sea posible, trato de dar a mis perseguidores el beneficio de la duda. Pero esta correría en particular y la retorcida reacción de Rhoda-Regina a mis débiles pero bienintencionados esfuerzos por aliviar su lamentable frustración harían que hasta el más ávido de castigo se rindiera. Aprendí la lección. Cuando una persona se empeña en refocilarse en la locura y la infelicidad y tú no eres capaz de ignorar sus silenciosos gritos de sufrimiento, cuando resulta que no eres una budista zen cuya idea de diversión consiste en que un flipado de las posturas se queme a lo bonzo sin llegar a encorvarse, lo mejor es retirarse de la primera línea de fuego.

El incidente en sí carece de importancia. Ahora me doy cuenta de que Rhoda-Regina andaba buscando cualquier excusa con tal de dar salida a la rabia que acumulaba contra mí. No había manera de que hiciera nada bien. El mero hecho de ser testigo de su desdichada existencia me convertía en el enemigo declarado. Como todas las personas contrahechas, R.-R. tenía lo que yo llamo complejo de leprosa.

Como era evidente para mí, aunque no para ella, que ningún hombre normal y corriente tendría agallas, menos aún estómago, para meterse en la cama con ella, mi idea era atraerlo mediante la estratagema psicológica conocida como «misterio». Creedme, si no fuera por el descubrimiento genial de los velos, las tiendas de campaña y las pulseras tobilleras, la población árabe se habría extinguido. Número 7961, seducido por lo desconocido, se pondría al servicio de Rhoda-Regina sin las tediosas formalidades de una cháchara insustancial. Al fin y al cabo, el objetivo de los interesados no radicaba en la compatibilidad mental.

En mi carta a 7961 sugería que nos citáramos en el estudio durante la noche en que R.-R. iba a sus reuniones del grupo de concienciación. Así, cuando él llegara, habría tiempo de sobra para explicarle las fantasías de violación de Rhoda-Regina, su puritana predilección por el ataque furtivo, su deseo de bebé elefante de sentirse desbordada. Como toda gran estrategia, mi plan era sencillo. Dado que Rhoda-Regina se había acostumbrado a evitarme, podía contar con que iría directa al dormitorio. Su bien armado seductor podría esperar conmigo en el estudio hasta que reinase el silencio, momento en que se deslizaría silencioso como una ensoñación en los brazos de Rhoda-Regina. Era perfecto. Incluso yo, tras cinco años de liberación recurrente en París, sentí una leve punzada de excitación ante lo que le esperaba a Rhoda.

Reconozco que 7961 no resultó ser Sidney Poitier ni, para el caso, el Sidney de Rhoda, pero alma tenía, lo mirases como lo mirases. El caso es que cuando oí su tímido toc a la hora convenida y abrí la puerta con entusiasmo, en un primer momento no fui capaz de ubicarlo por lo oscuro que estaba el rellano, paraíso de ladrones. Tan chiquito y arrugado era que parecía más una pasa que un hombre, y ni idea de si dominaba el griego, pero su francés era inexistente y su inglés igualmente grotesco. En absoluto era el individuo que una se representa a partir de su archivo fotográfico de fantasías, pero ¿acaso estaba Rhoda-Regina rechazando contratos de Hollywood? No fue tarea sencilla explicarle el arreglo a Lloyd. Porque creo que se llamaba Lloyd. No llegué a saber si era su nombre o su discreta fórmula de saludo. Nimiedades. Hizo un mohín ante la palabra «violación», de modo que descarté que poseyera nociones de psicología. La verdad es que en ningún momento me pareció que hubiera entendido mi plan, pero el pequeño pulpo se mostró tan dispuesto a cooperar como corto de luces era y de buena gana se pimpló mi vino tinto nacional mientras escuchaba la propaganda que le hice a Rhoda-Regina y que ni su propia madre hubiera reconocido.

Como es natural, me asaltaban dudas acuciantes, pero ¿acaso la realidad no desliza siempre dudas? Mi imaginación había invocado a un Lloyd gallardo, pero ¿presentaba el gigoló auténtico alguna razón para defraudar a Rhoda-Regina? ¿Por qué dar por hecho, como una adolescente, que nuestros gustos habían de ser idénticos? A fin de cuentas, ¿estábamos de acuerdo en algo? En el fondo, ¿qué tenía que perder R.-R.? ¿Un agobiante complejo de inferioridad? ¿Una libido petrificada? ¿No se estaba privando Rhoda-Regina de la materia de la que están hechos los recuerdos, y qué es lo que distingue al hombre de la vulgar mosca doméstica sino los recuerdos? Casi sentí —y no me caracterizo por ser una defensora de causas perdidas— que estaba ofreciendo a mi trágica anfitriona el más preciado de todos los regalos, un pasado, arrancado como si dijéramos de mi suntuoso depósito. No había nada más triste que representarse a una Rhoda-Regina senil echando la vista atrás con ojos cataratosos a una vida carente de amor. Opté por ser optimista. Si hubo un crimen, ese fue el mío. Me negué a tomar la salida que habría tomado una cobarde, a encajar la desolación que inspiraba la situación de Rhoda-Regina. No queráis saber qué opino de sus posibilidades ahora que he recuperado la objetividad.

Quien oyera los gritos desgarradores que profería la muy loca, y las carreras, y los destellos de cuchillos, pensaría que nunca antes había visto a un hombre desnudo. Al César lo que es del César: Lloyd estaba excepcionalmente dotado. Tanto es así que una esperaría que su dotación venciera hacia delante su canijo cuerpo moreno. Pero hasta un ciego se habría dado cuenta de que fue él quien pasó miedo. Recogió la ropa a todo correr, se dirigió a la ventana y desapareció de un salto impresionante. Jesse Owens podría haber aprendido mucho de Lloyd. Yo lo intenté, pero descubrí —y brindo graciosamente mi experiencia a los suicidas en ciernes— que hace falta mucha práctica para lanzarse por una ventana. Para quien ese sea su método de predilección, que empiece a entrenar de inmediato atando una cuerda entre dos vulgares sillas de cocina.

Corrí hacia la puerta, pero doña Psicosis parecía estar en todas partes, bloqueando todas las salidas. Recordé de repente las advertencias acerca de lo veloces que son las personas gordas. Ya basta. ¿Por qué ahondar dando detalles insoportables? Lo que debería haber sido la liberación de Rhoda-Regina degeneró en farsa, en comedieta de salón, divertida solo si tu idea de pasatiempo consiste en asistir a un ahorcamiento público. El altercado debió de sonar como una fiesta desfasada, porque al final aparecieron dos agentes de policía. Uno era negro y el otro blanco, detalle que sin duda complacerá a los radicales, pero ambos eran igual de indolentes. Recorrieron el apartamento fingiendo tomar apuntes mientras Rhoda-Regina ejecutaba su baile de derviche aderezado con gritos de guerra y arremetidas contra mí.

—Deténganla, párenle los pies —grité cuando mi chaquetón de ardilla salió volando por la ventana.

—Nombre de la inquilina.

El blanco despertó de su estupor y apoyó la punta del bolígrafo en el cuaderno, la cara concentrada y seria como la de un niño que caligrafía el abecedario.

—Lizzie Borden, ¿qué más da el nombre? —grité—. ¡Eso era mi abrigo de piel auténtica!

—¿Viven aquí las dos juntas?

Intuí los derroteros que iba tomando su inmunda mente criminal.

—No —protesté—. Pues claro que no. Yo solo estoy aquí para ayudarla.

—¿La ha llamado ella? ¿Le ha contado si ha consumido alguna sustancia?

Sexo y drogas, obviamente era de lo único que entendían, así que con las mismas decidí no luchar contra la municipalidad.

—Sabe Dios lo que habrá tomado. Yo sé lo mismo que ustedes. Si viesen los personajes que andan entrando y saliendo de esta casa…

Pero mi intento desesperado de ganarme su simpatía en la difícil situación de Rhoda-Regina fue sofocado, literalmente, por la propia vaca destructora. Unos dedos pesados como piedras aterrizaron en mi pescuezo y Rhoda-Regina apretó con toda su fuerza demente. Solo entonces los policías dejaron de lado sus ambiciones periodísticas y se pusieron a trabajar.

—Está teniendo un mal viaje —concluyó por fin uno de los dos.

Tiraron una colcha de rayas sobre el cuerpo retorcido de Rhoda-Regina y así me la quitaron de encima. Los seguí hasta el coche patrulla. Acurrucado en la acera, con aire asustado y desamparado, estaba mi fiel abrigo. Lo rescaté rápidamente, ignorando los demás tesoros esparcidos como los restos carbonizados de un accidente aéreo. Estaba demasiado deprimida y conmocionada por la durísima experiencia como para preocuparme por mis posesiones, cada una un recuerdo único de mis viajes.

Los chacales babeantes que merodeaban por los márgenes de la escena se cuidaron de saquear mientras la policía mostró interés por mí. Les facilité el nombre de Rhoda-Regina, pero cuando me invitaron a acompañarlos a Bellevue rehusé señalando mis pertenencias terrenales.

Se metieron en el coche y cerraron dando un portazo. El poli negro me guiñó un ojo.

—La vida es genial si no te rindes.

Juro que quise fugarme con él, pero más valía dejar que especímenes destructivos supuestamente indefensos como

R.-R. acabasen acurrucadas y calentitas bajo aquella firme custodia masculina. Rhoda estaba tumbada en el asiento trasero del coche patrulla, satisfecha e inmóvil bajo su mortaja de rayas. Sentí una punzada de envidia cuando se la llevaron y me dejaron con un corrillo creciente de admiradores. Como me temblaban las rodillas, me senté en el último escalón de la fría y húmeda escalinata. Los fans se acercaron, fascinados aunque demasiado tímidos para pedirme un autógrafo.

—¿Ocurre algo? ¿Puedo ayudarla? —Estas fueron las primeras palabras que me dirigió la rata gabacha, que a la sazón no era más que la cara extranjera que ocupaba toda la última planta.

De no ser por el acento francés, que poseía unas connotaciones tan civilizadas, jamás lo habría gratificado con una tímida sonrisa. Me duele pensar en cómo esos dos explotadores sacaron tajada de mi conmoción. Claude en un sentido tan obvio que no vale la pena comentarlo, y Rhoda-Regina porque había logrado su objetivo, que era largarme de su casa para meter a Sidney. Sí, logró matar dos pájaros de un único y maquiavélico tiro. Vi su plan más claro que el agua cuando reapareció envuelta en el abrazo protector de Sidney.

¿Cuándo dejará algún denodado reportero de *The Village Voice* de alardear de su vida sexual durante un segundo para investigar los entresijos del fraude que es la planta de observación de Bellevue? ¿Por qué a los locos los dan de alta tan rápidamente? ¿Acaso tienen los médicos una quiniela semanal, una porra basada en el número de asesinatos que cometerán sus pacientes despachados?

El caso es que Rhoda-Regina volvió a su apartamento de la planta baja y se apostó amenazante, detrás de la persiana de bambú, esperando con el corazón en un puño el paso en falso que me conduciría a sus garras homicidas. No es de extrañar que mi relación con Claude se tambaleara. ¿Cómo iba a concentra me en sus exigencias de sanguijuela cuando tres pisos más abajo me acechaba mi *bête noire*?

# 6

No hacía falta consultar a mi astrólogo para saber que estaba siendo uno de esos días en los que más vale encerrarse en un armario. La mañana con Claude había sido prueba suficiente de que mis astros se encontraban en colisión, pero, para colmo de males, aguantar la invasión de Maxine y posteriormente rememorar la ingratitud de Rhoda-Regina mientras sobre mí se cernía la amenaza de una cena con Charles y su último ligue se parecía más al apocalipsis que a una mera tragedia personal.

¿Cómo describir a un ser humano tan malicioso e irrelevante como Charles? Encarnaba el espécimen más superficial de todos, el del *playboy* francés. Su vida estaba consagrada a la búsqueda del esparcimiento, una dedicación que en cierta medida dificultaba su falta de interés por todo lo que no pudiera inyectarse o ingerirse en forma de pastillas. Como heredero de una fortuna farmacéutica francesa, dedicaba su vida a tragarse los beneficios y, por supuesto, a cortejar diversiones.

«Diviérteme», solía retarte con la mirada perdida, drogado hasta las trancas. Y yo de pronto me sorprendía a mí misma balbuceando sobre la explosión demográfica o el inminente terremoto que asolaría California. «Qué aburrimiento —bramaba victorioso—. ¡Me estás aburriendo!». En aquel preciso momento se dedicaba a aliviar su tedio haciendo desfilar batallones de conejitas, aspirantes a estrellas de cine, gimnastas, debutantes y gogós para que Claude las inspeccionara, con la esperanza de que mi novio se prendara de una de sus protegidas y me dejase arrumbada en el zoo del Bronx.

¿Cómo se viste una para cenar con su enemigo? Rebusqué en mi fondo de armario —o sea, el cúmulo cada vez más alto de la mecedora de madera— en busca de una respuesta convincente. El corazón empezó a latirme con la consabida cantinela del «No tengo nada que ponerme». Opté por el efecto desconjuntado, tan en boga y a la vez tan acorde con mi aspecto poco convencional. Del fondo de la pila de cadáveres rescaté una falda larga de algodón teñido con nudos apta para absolutamente cualquier circunstancia. De entre todas las inspiraciones posibles, elegí complementarla con un blusón mexicano verde transparente. La combinación de colores creaba una miscelánea natural, y no me refiero a una convergencia plácida y ordinaria, sino a una naturaleza en plena convulsión.

Disponía de apenas cuatro horas para pasar de *hausfrau* a exótica criatura de la noche, pero no en vano había tenido yo una madre convaleciente. Teníamos nuestras fórmulas mágicas. Me enfundé mis galas, me metí en la ducha y, en un meticuloso arrebato de energía, lavé con champú tanto mi cabellera como las prendas. Colgué la vestimenta en la barra de la ducha para que se secara. A continuación, por si la cena se prolongaba en el salón de casa, despejé toda la mugre. Para entonces, ya era hora de concentrarme en mi cara.

Como acabo de mencionar, no tengo lo que suele calificarse como una belleza convencional. Sin embargo, aplicando una base de maquillaje traslúcida a mi piel pálida, delineando mis ojos grandes y expresivos con kohl y atusando mi negra melena para que enmarcase mis pómulos exóticos, cualquiera que me viera se preguntaría qué tumba egipcia acababa de profanarse.

A las seis en punto ya estaba lista y me planté frente al espejo preguntándome si lo que veía se correspondía con mis intenciones. El tamtam de mi corazón sembraba dudas. Para reafirmar mi aplomo, me receté uno de los ansiolíticos-dinamita franceses de Claude. Me guardé los demás en el bolso, para curarme en salud. Con tal de no arriesgarme a provocar un incidente internacional, apagué el aire acondicionado y por fin bajé la sofocante escalera sin hacer ruido, con las sandalias en la mano, deseosa de evitarle a Rhoda-Regina la angustia de verme tan esplendorosa.

La humedad en la calle debía de rozar el mil por cien y fui trastabillando hasta Sheridan Square para tomar un taxi. Tuve suerte de que el primero que paré se detuviera, porque, a diferencia de Maxine, no me hacía ninguna gracia la atención que estaba suscitando.

Le indiqué la dirección al taxista y me recosté en el asiento, bien servida de ansiolíticos. El relax no formaba parte de la experiencia de la carrera. En absoluto; el conductor tenía otros planes. Me había tocado el clásico tío Bernie que debería haber sido rector de Yale pero, víctima del sistema de cuotas, se había visto abocado al taxi. Estaba deseando compartir conmigo su cosmopolitismo.

—Seguro que le han dicho así de veces que se parece usted a Anne Bancroft —me dijo consultando su bola de cristal.

—¿Por qué lo dice? ¿Se le ha quejado mucho Anne últimamente?

Circulamos en silencio, pero solo hasta que nos quedamos atrapados en un atasco. Entonces el hombre tuvo a bien compartir conmigo sus conocimientos militares.

—Ay, valiente crimen, valiente crimen espantoso de genocidio estamos cometiendo. Esto es partir el país en dos, como se partió Alemania por lo que hicieron con los judíos.

Percibí una nota de familiaridad que no me gustaba ni un pelo.

—Mira, Bernie —le informé—, resulta que yo judía no soy, de modo que no tengo nada que objetar ni a la guerra en Vietnam ni a ninguna otra, pasada o presente.

Después de aquello pude fumarme mi pitillo en paz.

Le dejé una propina que borrase la más ínfima sospecha de que yo pudiera ser judía y, con la cabeza bien alta, entré en el restaurante. Charles y su acompañante estaban de pie en la barra atestada de gente. De mi novio no había ni rastro.

—¿Dónde está Claude? —pregunté acercándome a ellos y escudriñando los ojos de yonqui de Charles para averiguar si ya había recibido la buena noticia.

—Acaba de llamar. Llegará un pelín tarde. —Charles me estrechó la mano.

—¿Ha surgido un maravilloso asesinato?

—Ay, Harriet. —Se rio—. Tan deliciosamente divertida como siempre. Y tan guapa como siempre.

Sí, pensé, la rata le ha contado que me ha dado pasaporte.

No pude evitar fijarme en la dama rubia glacial que llevaba prendida del codo. Lucía lo que se conoce como casco dorado de pelo, liso e impecable, que describía una curva en paralelo a la fina línea de la mandíbula. Llevaba una camisa de seda blanca deslumbrante con cuello *halter* y unos pantalones tableados hechos con metros y metros de seda blanca que, no sé cómo, le marcaban las caderas y las piernas esbeltas. Charles, el muy maricón, iba también inmaculado con un traje mod de lino blanco y botas blancas. Me quedé plantada junto a aquella impecable plantilla médica con la sensación de ser la víctima de un accidente que acaba de entrar en camilla por la puerta de urgencias.

—Harriet, te presento a Baba —anunció Charles todo orgulloso, haciendo como que enfocaba con los ojos vidriosos.

—¿Cómo has dicho que se llama? —Me dirigí a él porque hasta entonces no contaba con ninguna prueba de que ella no fuera sordomuda.

—Baba —intervino la chica con mi acento predilecto: plano, nasal, pueblerino.

—¿Baba?

—Mi verdadero nombre es Barbara. —Unos ojos azules glaciales bordeados de pestañas azul marino—. Pero cuando nací, mi hermano, que era pequeñito, no sabía pronunciarlo y me quedé con Baba. —Los dientes eran de un blanco tan brillante como su uniforme.

¿Qué castigo me estás infligiendo, Dios mío?, clamé para mis adentros. Detén esta tortura, Canalla Miserable. Como Claude no había llegado, pude retrasar unos minutos mis tácticas de seducción.

—Si no te importa, me quedo con Barbara —le aseguré. Fue como arrancarle una piruleta a una cobra real.

—Charles —gimoteó pronunciando la «che» como las dos primeras letras de Sheldon—, ¿todavía no está lista nuestra mesa?

—Voy a preguntar —dijo poniéndose firme. Qué maravilloso látigo hacen restallar estas blancas nubecitas de gominola.

—Odio tener que esperar en la barra, ¿tú no? —me confió minuciosamente ajena a los hombres que se la comían con los ojos.

—Si tengo algo para beber, no.

Los dos armaron un gran revuelo para tomarme la comanda y me sentí en la obligación de hacerles esperar mientras repasaba mentalmente mis opciones.

—¿Por qué no tomas lo mismo que nosotros? —sugirió Charles en lo que parecía la solución más fácil.

Enseguida me pusieron en la mano un martini helado. Justo lo que necesitaba; de hecho, sabía como un medicamento amargo pero grato. Estaba apurando el segundo cóctel cuando llegó Claude pavoneándose.

Me saludó como si yo fuera una sustancia verde y pringosa y estrechó la mano de Baba demasiado rato, haciendo una pausa que revelaba que toda su vida de sabandija cobraría sentido a partir de entonces. Me di cuenta de que Baba se sentía atraída. Y me di cuenta porque empezó a ignorarnos olímpicamente a Charles y a mí y suplicaba con ojos tímidos y enamoriscados a Claude que le arrancara la ropa y la tirara al suelo. La cara de chuloputas de Charles irradiaba aquiescencia.

Un camarero con un discreto chaqué rojo intenso nos guio hasta nuestra mesa, dejó caer unas servilletas de cemento sobre nuestro regazo y nos entregó unas cartas gigantescas diseñadas para una raza de engendros con trastornos endocrinos. En vez de ponerme de pie en la silla para poder abrir la inmanejable valla publicitaria, me volví hacia Charles y dije:

—Bueno, Charles, ¿qué sugieres que devolvamos a cocina esta noche?

El malhumorado Charles, que apenas si era capaz de digerir un vaso de agua templada, era famoso por la cantidad de platos que consideraba incomibles. Claude me fulminó con la mirada y acto seguido tanto Baba como él desaparecieron detrás de sus respectivas cartas, haciendo Dios sabe qué. Alcé mi copa de martini vacía en dirección a uno de los cadetes que rondaban nuestra mesa.

—Me parece que ya has tenido suficiente, Harriet.

—¿Suficiente de qué? —quise saber, y dirigiéndome a ese dechado de brillante desconcierto blanco que era Baba, añadí—: Mi novio es un caso. Me vigila con ojo de halcón. Claude, cariño —le guiñé un ojo—, ¿por qué no pides cuatro docenas de ostras?

Llegó mi martini y dejé de prestar atención a la típica crisis que se desata entre franceses cada vez que hay que elegir platos.

—Ay, madre —se lamentó Baba—, todo pinta delicioso, y yo tengo que perder peso como sea.

—¿De dónde? —protestó Claude como si lo hubiesen acusado de lanzar un escupitajo al suelo de mármol.

—De todo el cuerpo —replicó dirigiéndose directamente a él, por si acaso había pasado por alto una micra de su perfección—. Debo mantenerme por debajo de cierto peso para seguir volando.

—Entiendo, porque eres azafata, ¿no?

—Auxiliar de vuelo —me corrigió.

Vaya, ¿quién podía imaginar que haríamos tan buenas migas?

—Caramba, debe de ser duro trabajar de camarera allá arriba, con los pasajeros vomitando, los accidentes y todo eso.

—¡Harriet! —Oí una distante llamada al orden masculina.

—Hay una pregunta que siempre he querido hacerle a una azafata, espero que no te moleste, pero es que eres la primera azafata que conozco en sociedad. Puede que haya volado contigo, incluso que me hayas servido, pero ¿quién se fija en las Rockettes? Dime, ¿crees que la razón de que azafatas y enfermeras sean patológicamente promiscuas es el hecho de que sus ocupaciones las enfrentan a la muerte a todas horas?

Poseo una habilidad extraordinaria para atraer nuevas amistades haciendo que se sientan la mar de informadas.

—Pues no sabría decirle. —Mareó un poco su salmón ahumado—. ¿Por qué no se lo preguntas a una de las enfermeras que te atiendan la próxima vez que acabes en un hospital?

Cómo se reían los cerdos franceses de su agudeza.

—La semana pasada —agregó corrompida por el poder—, Charlton Heston iba en el vuelo 602 a Roma con una enfermera particular.

—Seguro que conoces a montones de famosos —terció Claude presa de la misma admiración que una podría sentir por la señora de Martin Luther King.

—¡A montones! —convino ella—. Una vez coincidí con el doctor DeBakey, en el vuelo 809 procedente de Dallas. Me daban escalofríos solo de verlo. Opino que los trasplantes van en contra de la naturaleza humana, son como una espantosa película de ciencia ficción hecha realidad, y cuántas preguntas terribles sobre si la persona está legal o físicamente muerta. Me declaro contraria —declaró la rubia filósofa.

Recuerdo haber defendido los trasplantes a capa y espada.

—El corazón es una máquina, una bomba, una bomba sin cerebro, sin alma, sin entrañas. ¿Qué más da de quién sea la bomba que te bombea? ¿De verdad te importa un carajo lo que te bombea, Barbara?

Le sostuve la mirada a Claude en una comunión viperina. Charles salió de su torpor:

—El salmón ahumado está atrozmente salado.

—Coincidí con Edward G. Robinson en el vuelo 706 procedente de África, justo después del infarto —dijo la eminencia en cardiología—, y por su manera de hablar y de comportarse me di cuenta de que no quería un corazón que no fuese el que le tocó al nacer.

—¿De dónde eres? Tienes un acento encantador. —Mi amante se sostenía la cabeza apoyándola en una mano.

—No lo conocerás. De Webland, Nebraska —contestó ella con la vanidad abominable de los paletos.

—Qué tontería, claro que Claude conoce Nebraska, de oídas, ¿a que sí, amorcito?

Baba hizo una imitación de Claude, apoyando la barbilla en el hueco de la mano, y me otorgó su completa atención:

—¿Te han dicho alguna vez que eres clavadita a Barbra Streisand?

—No.

—Una vez coincidí con ella, en el vuelo 47 procedente de Las Vegas, y no te engaño, sois como dos gotas de agua.

—Yo mido treinta centímetros más que ella, y mi nariz mide treinta centímetros menos.

—No es exactamente que os parezcáis…

—No soy judía, si es eso lo que estás insinuando. Pero Lauren Bacall, Rex Harrison, Piper Laurie, Claudette Colbert, Natalie Wood, Charles Boyer, Tony Curtis, Dinah Shore, Sammy Davis, Paulette Goddard, Kirk Douglas, Paul Newman y Laurence Harvey sí lo son.

Tenía una lista de judíos más larga que mi brazo.

—Rex Harrison no —gimió. Sobre los demás, nada que objetar—. Coincidí con él en el vuelo 912 procedente de Heathrow y nos invitó a todos a champán.

—Pues lo que pimplaste fue champán judío, bonita.

Se acercó un camarero y le susurró algo a Claude, que a su vez me transmitió el mensaje: que bajase la voz.

—¿Qué es esto, un reformatorio o un restaurante de pacotilla? — Estaba demasiado embelesada con mi nueva amiga como para preocuparme por mi imagen pública.

Charles despertó de otro refrescante sueñecito y decidió interrumpir nuestra intensa y emocionante entrevista:

—¿Alguna vez has sufrido un accidente o un amago de accidente?

—Solo una vez. Fue espantoso. Omar Sharif iba en el avión. Volvía de un torneo de *bridge.* Era estremecedor escuchar cómo salmodiaba oraciones mahometanas. Pero he llegado a la conclusión de que es absurdo tener miedo de estrellarse. Una no puede ir por la vida asustada por algo que es impredecible. Cuando te llega la hora, te llegó, aunque estés cómodamente viendo la tele en el sofá de casa.

Era asombrosa la cantidad de conocimientos que alojaba aquella cabeza rubia glacial.

—Qué fácil es decir eso, pero ya sería otro cantar si hubieras perdido a tus padres en un accidente de avión.

Serví lo que quedaba de vino, con posos y todo, en mi copa vacía.

Baba se achicó en la silla. Esperé que Claude se hubiera dado cuenta de la metamorfosis. Si le quitabas los elegantes plisados blancos y le ponías un mandil, la chica rezumaba Apalaches.

—¿De qué demonios estás hablando, Harriet?

—Sabes perfectamente de qué estoy hablando. Hablo de carácter, de compasión y de compromiso. Hablo de putas rubias y frígidas…

De repente me vi sentada en el suelo, rodeada de caras de preocupación que me escudriñaban desde lo alto.

—Traedle café. ¡Que se tome un café solo! El mes pasado, Stewart Granger se puso como una cuba en el vuelo 804 procedente de Londres y lo serenamos en menos que canta un gallo.

—Ni soy Stewart Granger ni estoy como una cuba; me he caído de la silla, nada más. He perdido el equilibrio. Si les pasa a los del circo Flying Wallendas, me puede pasar a mí. A ellos nadie los acusa de ser unos borrachos. Estoy hasta las narices de tus puercas mentiras.

—Levantadla, ¿podéis levantarla? Agárrala tú por ese brazo, que yo la sujeto por el otro.

Un camarero vino corriendo a extender un mantel sobre mi cadáver.

—¿Puedo ayudarlos? —preguntó con la respiración agitada.

—Esto es un asunto de familia, caballero. Mi madre, aquí presente, mi padre y mi hermano intentan despojarme de la herencia que me corresponde ingresándome en una supuesta residencia de ancianos que tiene un cementerio camuflado como cancha de béisbol.

Me desmayé cuando me di cuenta de que no podía andar ni ponerme de pie. Mis pobres piernas lisiadas.

Recobré la conciencia en el asiento de atrás del Mercedes de Charles. La ultrajante bollera había apoyado mi cabeza en su regazo y me acariciaba las sienes. Me erguí.

—Conque era a mí a quien pretendías conquistar, zorra taimada. —Traté de besarla en los labios y acabé chupando laca de pelo—. Puaj, señorita Oveja Negra, deseo poner una reclamación.

Volví en mí por segunda vez sintiéndome exactamente como la señora Skeffington cuando recupera la conciencia y la informan de que se ha quedado calva por culpa de un brote de escarlatina. Era como no tener epidermis, o lo que sea que mantiene el cuerpo unido a modo de pulcro embalaje. Yo era un charco, un cadáver en descomposición en una habitación a oscuras, en una habitación insonorizada. Se me pasó por las mientes que había muerto y me habían enterrado, y esperé enfrentarme por fin al Canalla Supremo. Empujé la tapa del ataúd y mi mano no halló resistencia, solo aire tenebroso y enrarecido, de modo que barajé la posibilidad de encontrarme en mi cama, en cuyo caso ¿por qué estaba sola, y dónde estaba mi concubino?

—Claude —susurré tanteando las sábanas y las almohadas—. Claude, ¿dónde estás?

A menos que por arte de magia se hubiera transformado en el librillo de cerillas que tenía pegado al culo, en la cama definitivamente no estaba. Me incorporé y el eje de la tierra se tambaleó. Cuando mis pies tocaron el suelo se desató el temblor. Estaba claro que debía abandonar el dormitorio antes de que el techo se desplomara. Forcejeé con el pomo de la puerta y salí, mareada por el esfuerzo. Me apoyé en la pared, recuperé el aliento y entreví a lo lejos el resplandor de una luz tenue. Hacia ella me dirigí, como habría hecho cualquier animalillo extraviado. Imaginaos mi alivio cuando descubrí que no estaba sola. Allí, bajo el reconfortante halo de luz, había una bestia extraña y deforme. Los únicos supervivientes de un terremoto no están en condiciones de elegir su compañía. Me acerqué sigilosa al fantástico montículo, que yo sabía viviente porque oía su respiración. Ni en un millón de años adivinaréis lo que encontré en el pozo ciego de luz. Allí, tumbado de espaldas, indefenso, estaba Claude, y sentada en su plano regazo, inmovilizándolo con una llave inquebrantable, estaba nada menos que sor Baba.

Estaba como pegada a él y botaba arriba y abajo, igual que un coco a la deriva en un mar picado. A medida que me acercaba, me llegaba un sonido de succión y golpeteo. Si cerrabas los ojos y desactivabas las neuronas, podías imaginar que estabas en un barco y que el ruido lo producía el contacto de un mar en calma contra el casco de estribor. Pero en ese caso, a menos que un infortunado pasajero se estuviera ahogando, ¿cómo ignorar aquel gemido jadeante y repetitivo? Otras podrían convencerse de que era el viento o un motor en lontananza. Yo no.

Agucé los ojos abiertos y se produjo un curioso fenómeno. La habitación se tiñó de rojo. Vi una lámpara roja sobre el suelo rojo cubierta con un fular rojo. Vi la silueta de un sofá rojo y una mesa de centro roja. Vi las manos rojas y atareadas de Claude magreando el trasero rojo y desnudo de Baba, las piernas de él, los muslos de ella, el torso, los pechos, rojo, todo rojo, como si el mundo estuviera bañado en sangre.

—Sí sí sí —repetía ella en tono monocorde, y oír una voz humana me sacó de mi alucinación.

Al instante, la visión sangrienta se despejó y vi a mi gris novio, Claude, siendo violado por una gris auxiliar de celebridades llamada Baba.

Antes de que me abalanzara sobre ella, le rebanase el cuello y rescatara a Claude, los movimientos de ambos se transformaron en convulsiones, sus gemidos se unieron y ella se desplomó sobre el torso palpitante de él.

Esperé, para asegurarme de que Baba no tenía intención de causar más daños, antes de quitar con violencia el fular de la lámpara.

—Santo Dios —jadeó Claude, como si hubiera renunciado a toda esperanza de que alguien lo socorriera. Tenía el mentón apoyado en la cabeza de ella.

Baba giró su rostro mortuorio hacia mí y profirió un gritito ahogado. La violadora, al verse pillada con las rojas manos en la masa de su acto criminal, manifestó pavor. La máscara de pestañas azul se le había corrido por toda la cara de depravada y su pelo húmedo de *shiksa* había fenecido por envenenamiento con laca.

—Vístete.

Claude ayudó a su agresora a ponerse de pie. Su cuerpo era como el de una joven criatura asexuada. Un par de piernas rectas ascendía hasta unas caderas delgadas, un trasero pequeño y redondeado y unas tetas sorprendentemente turgentes y de pezones alargados.

—Lo siento —musitó—. Lo siento, ha ocurrido sin más.

—¿Llamo a la Policía? —le pregunté a Claude—. ¿O la remato yo?

—Vale, vamos a calmarnos —me dijo.

—¿Te ha hecho daño, Claude? ¿Estás bien?

—No te acerques a ella, Harriet, o te juro que te dejo inconsciente. ¿Estás lista? —le preguntó a ella.

Se movían como dos actores de comedia en una película muda y acelerada. Claude se puso la camisa y los pantalones con una diligencia digna de Clark Kent, y Baba literalmente se calzó su blanco reglamentario. Mostraban los dos el desgaste de una noche muy ajetreada abusando de pacientes de la planta.

Baba temblaba de pura saciedad.

—Toma —dijo Claude ofreciéndole una montañita de cadenas que ella previamente había lucido alrededor del cuello y la cintura. Conque aquella era el arma que había usado contra la pobre rata.

Ella se apoderó de las cadenas con avidez y se detuvo junto a la puerta, que Claude abrió.

—¿Adónde os creéis que vais? —grité.

—Te llevo a tu casa. —Claude le hacía de escudo agarrándola por los hombros y guiándola para que saliera del apartamento.

Podría haber corrido tras ellos, pero solo conseguí ponerme a salvo y vomitar hasta la primera papilla. Unos sollozos secos y agitados convulsionaban mis entrañas, y me ardía la cara. No era capaz de recuperar el aliento y, para variar, mis piernas se convirtieron en flanes. Con mucho esfuerzo conseguí llegar al dormitorio para que hallasen mi cadáver en una cama, en una posición decente, y no abrazado a los sanitarios del baño.

# 7

Me sentía tan mal cuando desperté que girar la cabeza para consultar el radiodespertador digital de Claude supuso uno de mis logros más memorables. Eran las dos y media y la habitación estaba saturada de esa luz lúgubre de las tardes lluviosas. Me quedé tirada en la cama, compadeciéndome de Claude, pues la idea de sufrir abusos físicos era tan tétrica que ni siquiera a él se la habría deseado. Algo me decía que Claude no había vuelto. Y ese algo era que me estaba congelando, lo que indicaba que el aire acondicionado había estado funcionando toda la noche.

No tuve fuerzas para trastear con el televisor. De todos modos, cuando no están enterrando a algún dignatario asesinado, las tardes de sábado son el momento en que la televisión toca fondo. No pensaba en la traición de Claude ni en mis sospechas de que el muy pedófilo hubiera pasado la noche con

Baba. Cuando un sistema físico está tan devastado como lo estaba el mío, todo salvo la necesidad de respirar se convierte en un detalle sin importancia. Lo único que me preocupaba era cómo llegar hasta el aparato del aire acondicionado y apagarlo antes de congelarme del todo. Imposible. Se habían apoderado de mí el entumecimiento, la modorra y la incapacidad de espabilar que tan conmovedoramente describen los diarios de los cadáveres que se hallan en el Ártico. Me rendí al dulce abrazo del sueño eterno.

Cuando emergí de aquel estado de letargo, mi cara estaba orientada en la buena dirección, de modo que pude ver sin esfuerzo que ya eran las seis. El frío que reinaba en el apartamento se había vuelto insoportable. La rata se había encargado de orquestar mi destrucción mediante el método que yo misma había reclamado tantas veces. ¿Dónde se habría metido?

Encendí la tele y vi delante de un mapa a un energúmeno que pronunciaba una disertación doctoral sobre el hecho de que estaba lloviendo. No me costó mucho dejarlo allí con sus desvaríos y, cuando logré llegar hasta el salón, me dejé caer sobre el aparato del aire acondicionado y apagué la máquina mortífera. La lámpara en el suelo encarnaba un recordatorio espantoso de la reciente debacle. ¿Dónde estaría el roedor? Valoraba que se sintiera culpable, pero, como siempre, estaba complicando la situación. Cuanto más esperase para dar la cara, más se agotaría mi divina paciencia.

Me planteé muy seriamente vestirme y marcharme del apartamento. Y que la rata llegara arrastrándose, cayéndosele la cara de vergüenza, y descubriera que me había ido. Eso le daría un motivo concreto por el que preocuparse. Pero ¿adónde, con el aguacero que estaba cayendo, y en mi débil estado, iba a ir a dar con mis huesos? Lo mejor sería pasar por el trance y olvidarse del tema.

¿Qué tono y qué postura adoptar ante la actitud pueril de Claude? Me senté en el sofá y me encendí un Marlboro. Seguía ataviada con mis galas festivas, lo que añadía a la tragedia una nota de patetismo insoportable. ¿Tragedia? ¿Debía denominarlo tragedia? ¿No le atribuía así a Baba un poco más de la importancia que merecía aquella destrozahogares aficionada? A cierto nivel intuitivo, yo sabía por qué Claude había permitido que Baba se aprovechara de él. Naturalmente, se trataba de una demostración de masculinidad dirigida a mí, lo cual no tenía ningún sentido. Yo estaba más que dispuesta a que me la demostrara directamente. ¿Acaso no había intentado, a todas luces sin éxito, transmitirle tan dichosa información? Pero a ver quién es la guapa que logra comunicar tan gratas nuevas a un varón presa de la inseguridad sexual. Pensándolo mejor, no solo no me marcharía, sino que, desplegando toda mi generosidad, actuaría como si nada hubiera pasado. Tiré el cigarrillo intacto dentro de una taza, luchando contra las oleadas de náuseas que el humo me había provocado.

Apoyé la cabeza exhausta y palpitante en el respaldo del sofá y esperé. Por increíble que parezca, esperar a Claude se había convertido en la actividad central de mi existencia. Debía de sufrir una variante de ese choque cultural que aqueja a los estadounidenses muy viajados, a resultas del cual Claude había pasado a encarnar el hogar. En los seis meses que llevaba con él, mi espera había evolucionado hacia una especie de manía. Me sorprendía aguardando oír sus pisadas en las escaleras, y durante sus frecuentes excursiones a la caza de catástrofes por todo el país esperaba su regreso en una ensoñación de expectativas. A menos que sea yo ciega y sorda, siempre se alegraba de encontrarme al otro lado de la puerta. Intuyo que mi presencia sana le proporcionaba un equilibrio necesario frente a su obsesivo interés por los yonquis costrosos y los recolectores de fruta lisiados. Se desplomaba en nuestro lecho compartido igual que un guerrero herido, y yo, gracias a mi inagotable compasión femenina, lo reanimaba y cuidaba con alegría. Esta vez, para variar, estaba sola, aguzando el oído para oír los pasos, preparada para actuar como enfermera.

Pensé que, uno: debía componerme un poco la cara, porque nadie desea que lo atienda una enfermera maltrecha, y dos: seguramente debía obligarme a ingerir algo de alimento. Fui al cuarto de baño y me lo encontré hecho unos zorros, así que lo limpié con diligencia. Después de tan degradante tarea, decidí darme un baño y luego comer. ¿Dónde estaba Claude? Empezaba a oscurecer. Tendría mala conciencia, de acuerdo, pero lo menos que podía hacer era llamarme.

Sometí a reconocimiento la nevera mientras la bañera se llenaba. Allí estaban mis elaborados preparativos de la noche anterior, sin que los hubiese tocado mano humana. Me percaté de que estaba muerta de hambre y con las mismas le arranqué un ala a uno de los pollos braseados. Me llevé el bocado a los labios y en aquel preciso instante un pensamiento horrible atravesó mi cerebro como un relámpago. ¿Y si me atragantaba con un hueso? Hermosísima estampa: yo, amoratada en el suelo de la cocina, con un cacho de pollo saliendo de mi boca inerte. No, gracias. Puse agua a hervir en la tetera. No tenía noticia de que una taza de café hubiera obstruido la tráquea de nadie.

Un baño, decidí, un relajante baño de espuma. Sin embargo, una señal interfería con esa imagen que trataba de evocar en la que me veía a mí misma impregnándome de sosiego en agua caliente. Era una visión poco atractiva de mi cuerpo abotargado, hallado al cabo de varias semanas ininterrumpidas de inmersión. Con manos temblorosas acerté a cepillarme los dientes y lavarme la cara. Detecté unas rojeces en la piel, sobre todo en los párpados. Me flaquearon las rodillas al examinar los síntomas desconocidos de una enfermedad devastadora. ¿Qué tenía? ¿Cómo había podido ser tan imprudente de atribuir mi flojedad a una simple resaca? ¿Resaca de qué? Ahora que lo pensaba bien, apenas había bebido. Unos pocos martinis y varias copas de vino. ¿Era eso razón para estar recubierta de escamas? Dios santo, qué momento tan atroz para estar sola.

A tomar viento el puñetero café. ¿Quién tenía fuerzas para cocinar? Porque yo no. Saqué la tarrina de helado con pepitas de chocolate, agarré una cuchara y me metí en mi lecho de enferma.

Eran las siete y media y todo iba mal, salvo que considerase el mareo, la languidez y el zumbido en los oídos como síntomas de bienestar. Y da la casualidad de que yo sé que son síntomas de mononucleosis.

El único entretenimiento —por llamarlo de algún modo— que había en la tele era un aburrimiento soberano llamado *The Explorers*. Quién hubiera podido meterse en un jet privado y volar a Connecticut; Channel 3 daba comedias a esa hora. Me quedé postrada en la cama, llevándome cucharadas de helado a la boca entumecida y tomándome cada cierto tiempo el pulso debilitado, comparado con el cual el de un faquir inhumado habría parecido taquicárdico.

Sufrí mientras dos tortilleras retrasadas conquistaban los rápidos del río Salmón. Sabe Dios lo que les habrían hecho sus madres. El cautivador dúo musical que da paso a *Todo en familia* me impidió oír la llave de Claude girando en la cerradura.

—¿Harriet?

Por un momento, como es lógico, pensé que era la voz de mi Creador, hasta que reconocí el timbre de Claude.

—Estoy aquí, amor.

Claude llegó hasta la habitación y se quedó plantado en el umbral. Abrí mis brazos libres de reproches.

—Mi guerrero, mi espléndido y valeroso guerrero ha vuelto a casa. Qué mal aspecto tienes. Quítate esa ropa mojada ahora mismo, cariño mío, y ven conmigo a la cama. Está empezando tu serie favorita.

Con el corazón en la mano lo pregunto: ¿podía haber en el mundo mujer más indulgente?

—Ven a la otra habitación —dijo taciturno—. Quiero hablar contigo.

—Hablar, hablar, hablar —lo reñí jovialmente—. ¿Qué es lo que hay que hablar? Claude, te perdono, te lo perdono todo.

Como si le hablara en suajili.

—Sal de la cama.

—No sé si debería, todo apunta a que tengo mononucleosis, puede que hasta leucemia —insinué.

Al muy bruto solo se le ocurrió agacharse y levantarme por la fuerza.

Si Claude tuviera leucemia, os lo aseguro, esperaría que no lo dejaran ni a sol ni a sombra, que le preparasen zumitos y compresas, pero ¿una mujer enferma? De nosotras se espera que reanudemos nuestras obligaciones hasta que alguien nos haga el favor de certificar nuestra defunción.

Lo seguí hasta el salón. Tenía mal aspecto, pero no lo suficiente. Detectó la lámpara delatora en el suelo y la colocó tan ricamente encima de la mesita auxiliar.

—A ver —arrancó—, dispones de un día, veinticuatro horas, para irte. Esta noche no dormiré aquí, tengo trabajo. Ahí van cien dólares. —Arrojó un canuto de billetes a la mesa de centro—. Puedes registrarte en el hotel Chelsea, o probar en el Albert, o que te parta un rayo. Me trae sin cuidado. Pero cuando vuelva mañana por la noche, no quiero verte; de lo contrario, te vas a arrepentir mucho, muchísimo.

Se me paralizaron las cuerdas vocales. Mi discurso de clemencia se me marchitó en la punta de la lengua. Todo el tiempo que Baba y él habían dedicado a preparar aquel anuncio yo había estado devanándome los sesos para hallar maneras de perdonarlo.

—¡Claude! —exclamé.

Su mano salió disparada como la de un guardia de tráfico.

—No quiero oír ni una palabra. Estoy necesitando todo mi autocontrol para no estrangularte.

—¿Estrangularme? Pero si no he hecho nada aparte de yacer aquí todo el día preocupada por ti. Te alegrará saber que he decidido no echarte en cara el nombre de esa fulanita barata. Bueno, nombre… Quién se cree que Baba pueda ser el nombre de una persona.

—Cállate —me chilló, y agarró una botella de whisky escocés de una repisa y se sirvió una copa.

Lo probó con cautela, como un bañista introduciendo un dedo del pie en el océano gélido, y acto seguido se lo bebió de un solo trago con un bravío gesto de cabeza.

—No me puedo entretener —dijo a la vez que el whisky le caía en la tripa con un temblor.

—¿A qué tanta prisa? ¿Adónde vas? ¿No podemos hablar al menos?

—No.

Me dejó allí y se metió en el baño. Corrí tras él. Empezó a meter sus perfumes y desodorantes en un neceser de piel.

Le agarré un brazo para detenerlo.

—¿Qué haces? ¿No lo entiendes, Claude? Ni siquiera tienes que pedirme disculpas. Te perdono. Está todo perdonado.

—No se habrá obrado el milagro de que fueras a recoger mis camisas, ¿no?

Mi boca se abrió y emitió un balbuceo de espanto.

—Ya me lo veía venir —apostilló con amargura.

Eran demasiadas cosas, demasiado rápido.

—Qué bonito. ¿Así me das las gracias por pasar todo el día de ayer cocinando, limpiando y dejándolo todo como una patena? ¿Qué soy, tu chacha? Para que lo sepas, soy humana. Todo no lo puedo hacer.

—Tu esclavitud ha terminado, Harriet. Ya no tienes que malgastar tus extraordinarios talentos intelectuales siendo mi sierva.

—¿Acaso me he quejado? No me estás entendiendo. A mí me encanta ser tu ayuda de cámara. ¿Qué más podría pedirle a la vida una mujer ordinaria? Si estás pasando por una etapa difícil, vale, lo haremos a tu manera. Me encargaré de la casa mientras tú das rienda suelta a tus perversiones sexuales con Baba. ¿Para qué si no fueron creadas las Babas de este mundo? Seré tu confidente, tu amiga, tu madre si así lo deseas. Pero, Claude, no pongas fin a nuestra relación por una infidelidad que, por lo que a mí respecta, ha sido algo de lo más normal, de lo más masculino por tu parte, que, si acaso, no ha hecho sino aumentar el respeto que te tengo. Aborrécete todo lo que quieras, pero créeme, yo te amo con tus flaquezas.

—Encargarte de la casa. —Profirió su risa pútrida a la vez que cerraba la cremallera del bolso de viaje—. En seis meses no has hecho nada aparte de estar tirada a la bartola como una inválida irascible, quejándote, puteándome si se me ocurría pedirte que abrieras una lata de sopa. Seis meses de abnegación tuya me han dejado como unas maracas.

—Pero todo eso ya es agua pasada. —Lo seguí hasta el salón—. Escúchame. Te lo puedo explicar. No lo he sabido hasta esta tarde. Es lo que me muero por contarte. Resulta que he estado enferma. Muy enferma. Una recaída en la mononucleosis. Ahora que lo sabemos, con el tratamiento adecuado y reposo, que es lo único que requiere esto que tengo, tendrás toda mi energía y mis competencias a tu entera disposición. Ya me siento algo más fuerte después de solo un día guardando cama.

—Llama al Chelsea en cuanto me vaya. Los domingos se les quedan muchas habitaciones libres.

—No me estás escuchando —le grité a la cara terca y suicida—. No puedo permitir que te inflijas ese castigo; tú y tu morboso sentido del deber. No me dejes por Baba, te lo suplico. Te va a arruinar la vida.

—Deja que me arruine la vida a mi manera —insistió el muy chiflado—. Y Baba no tiene nada, absolutamente nada que ver con mi decisión.

—¿Seguro? ¿Y adónde narices estás huyendo con tus bálsamos? ¿Tiene una compañera de piso que te gusta más? Sé muy bien cómo viven las azafatas, ¡todo el día montando orgías!

Abrió la puerta.

—Estaré en Baltimore hasta mañana por la tarde. Hay disturbios y saqueos.

—Un caramelito para ti.

—Tienes hasta entonces, Harriet.

Cerró dando un portazo y me quedé allí sola, anonadada, albergando la esperanza de, por una vez, estar teniendo una pesadilla de la que me despertarían las caricias de Claude. Volví a la cama dando tumbos. Archie Bunker estaba haciendo su parodia de mi padre por valor de un millón de dólares, lo que no hacía más que empeorar el carácter irreal que habían tenido la irrupción y el mutis explosivos de Claude. Algo me informó de que todo había sido intolerablemente real. Bajé el volumen y enterré la cabeza ardiente entre las almohadas. Tenía los dientes apretados, me dolía la garganta, y entonces me eché a llorar.

Lloré y lloré. Lloré por Claude. Lloré por MacDonald. Lloré por París. Lloré por el hospital Americano. Lloré por los gorilas que me habían metido a empellones en el avión y me habían traído de vuelta a este campo de concentración. Lloré hasta que me entró miedo de nunca parar de encontrar motivos para llorar, y entonces paré.

No me sentí revitalizada por lo que la gente suele llamar una buena llorera. Todo lo contrario, estaba cada vez más inconsolable. A pesar de las oleadas de desaliento, me quedé despierta confeccionando listas y haciendo planes, hasta que por la ventana entró la luz del día.

Si me pusiera a contar lo que tuve que aguantar al día siguiente para cambiar una puñetera cerradura pensaríais que hablo de la cerradura de Fort Knox y no de la de una vivienda destartalada.

Me desperté más tarde de lo previsto, porque tenía tanto miedo de que se me pegaran las sábanas que no lograba conciliar el sueño. Basta con que me imagine algo para que ocurra.

Me encendí un pitillo, puse la tele y empecé a recoger las listas desperdigadas por toda la cama. Allí, en el tubo catódico, había un plantel de negros exigiendo el cobro con efecto retroactivo de tres siglos de claqué. Mucha suerte. Entonces, sufriendo un horrorizado ataque de memoria total, comprendí que era domingo. Aunque había sufrido un sábado atroz, había pasado por alto la llegada del domingo. Al garete mis planes cuidadosamente trazados, mi lista de la compra elaborada con visiones del A&P a mi completa disposición. Sentí cómo mi lucidez se tornaba en histeria. ¿Localizaría a un cerrajero en domingo? Salí de la cama como alma que lleva el diablo y me zambullí en las páginas amarillas.

A punto estuve de llorar de alivio cuando vi que muchos se anunciaban disponibles en caso de urgencias nocturnas y dominicales. Me llevé el teléfono al sofá, encendí un cigarro y empecé a marcar números. Ni siquiera había un cálido servicio de atención al cliente con el que hablar. Todo eran grabaciones, pitidos, centralitas y máquinas invitándome a registrar mi nombre y mi número de contacto. Al otro lado de la línea ya no había personas, solo máquinas.

Me arranqué la falda teñida y el blusón mexicano, llené la bañera y me sumergí. El agua estaba helada pero me reactivó. Me di cuenta de que la casa volvía a estar recalentada. La lluvia no había puesto fin a la ola de calor.

Ya había salido de la bañera cuando la primera máquina devolvió la llamada. Tenía mi testimonio preparado de antemano. A saber: era una mujer extraordinariamente casada y decente a la que una pandilla de violadores había atracado y robado el bolso la noche anterior. Mi abnegado esposo, que se encontraba en Baltimore en estos momentos, había insistido en que mandara poner una cerradura nueva a la mayor brevedad.

—Tengo otra urgencia antes de la suya —me informó el displicente varón al otro lado de la línea—. Puedo estar en su casa dentro de una hora.

—¿Una hora? —chillé.

—Antes, imposible. No se apure, señora, los que dan tirones no asaltan casas. Son dos razas distintas.

—Pero igual el que me dio el tirón conoce a uno que asalta casas —insistí.

—Si tanto miedo tiene, espere una hora en el apartamento de algún vecino.

—Vale, una hora, pero no más, por favor. Es muy urgente.

Lo que yo no sabía era que pretendía tenerme al teléfono durante una hora. ¿Qué tipo de cerradura me hacía falta? ¿La puerta era de madera o de metal? ¿Necesitaba una cerradura policial o un bombín antiganzúas?

Sentí que se me llenaban los ojos de lágrimas nerviosas.

—Por favor, no tengo un doctorado en cerraduras. Tráigame una que cierre con llave y no deje entrar a los cacos.

Todavía no me había torturado suficiente: se explayó en el aspecto económico. Serían veinte dólares por el servicio de urgencia, más el precio de los materiales. Calculando a ojo de buen cubero, unos cincuenta dólares.

—Tengo el dinero, usted preocúpese solo de venir.

¿Cincuenta pavos por una pieza de metal y media hora de faena? Con razón la comunidad intelectual del país no paraba de menguar.

Era ya la una y media cuando me enfundé unos vaqueros blancos relativamente limpios y una camiseta de rayas azules y blancas. Extraje cincuenta dólares del canuto que Claude había tirado a la mesa de centro y salí corriendo con la otra mitad del dinero en la mano hasta la charcutería selecta de Bleecker Street.

A medio camino descubrí que me había dejado la lista de la compra en casa. No había tiempo para volver a buscarla. Ni el mismísimo Karl Marx habría rezado con más ahínco para que unos modestos disturbios degenerasen en revolución.

Las calles estaban inmundas; el calor guisaba de nuevo un estofado en las aceras, y la turbamulta de siempre buscaba un motivo de linchamiento. ¡Y la charcutería! Allí se agolpaban todos los acaparadores compulsivos de Nueva York, como si a partir del día siguiente la ciudad fuese a sufrir un embargo. Mi asedio, según mis cálculos, duraría dos semanas, lo que tardaría Claude en desencantarse del todo con Baba.

Cogí una cesta de alambre y empecé a llenarla con artículos de primera necesidad. Dos botes grandes de Nescafé. Dos botes grandes de leche en polvo Cremora. Cuatro litros de zumo de naranja a reventar de vitamina C. Dos hogazas de pan de centeno Levy. Medio kilo de mantequilla. Dos docenas de huevos. Catorce latas de atún y, para que no decayeran los ánimos, media docena de latas planas de *antipasti* de importación en aceite de oliva virgen que estaban convenientemente expuestas junto al atún, de lo contrario, no habría reparado en su existencia. La cesta estaba llena hasta los topes. Cogí otra. Para las cenas. Siete bandejas ultracongeladas de pavo, siete bandejas ultracongeladas de gambas rebozadas, un frasco de salsa tártara, otro de mayonesa Hellmann's grande, cuatro paquetes de galletas Hydrox y, por si acaso el bloqueo se prolongaba más allá de mis cálculos, le pedí al charcutero que me pusiera medio kilo de ensaladilla de langosta recién hecha y otro medio de salmón de Nueva Escocia, lo que requería seis bollitos y una visita rápida a la otra punta del local para hacerme con una tarrina grande de queso crema. Luego esperé en una cola que serpenteaba en silencio y con pasividad, como si fuésemos indigentes que aguardaban para recibir comida de gorra. Unas lágrimas de exasperación me escocieron en los ojos. Por fin era mi turno.

El sabio de la caja registradora tenía que decir algo.

—¿Dirige usted un asilo de huerfanitos?

—Dese prisa —lo urgí reprimiendo las lágrimas.

Hizo pitar y pitar y pitar los productos. La cuenta ascendía a cincuenta y dos dólares con veintiocho centavos.

—No me llega. —Mi pecho encogido dejó escapar unos sollozos.

—Tranquila, corazón, que no se acaba el mundo —me consoló el capitalista—. ¿Cuánto dinero llevas?

—Cincuenta dólares. —Le tendí el puñado de billetes.

La turbamulta sedienta de linchamiento se agitaba a mi espalda. ¿Sería yo la víctima elegida?

—En ese caso, te quitaré productos por valor de dos dólares. Sobrevivirás solo con cuatro *antipasti,* ¿no?

Le habría besado las manos por tan inesperada muestra de sentido común.

—¿Cuáles no quieres?

—Lo mismo me da. Quite los que sean.

Se me secaron las lágrimas. A fin de cuentas, quizá diez días con Baba fueran suficiente.

El hombre rehízo la cuenta y esta vez gané yo las elecciones. Mi compra llenó dos cajas de cartón.

—¿A qué hora se lo despachamos? —quiso saber mi amigo liberándome de mis cincuenta dólares.

—Lo antes posible. Es que es para mi fiesta de bodas, ¿sabe usted?, y me caso dentro de una hora —dije saboreando un chispazo de inspiración.

—*Mazel tov!* —me felicitó en una lengua desconocida.

Regresé al apartamento a toda prisa y subí las escaleras indiferente por una vez a los complejos de Rhoda-Regina.

Llegué a mi puerta y solté un grito cuando caí en la cuenta de que no llevaba las llaves. No me había molestado en colgarme mi bolso cretense, que por lo común me acompañaba a todas partes. Reconstruí el terrible momento en el que había cerrado el puño ciñendo el dinero y me había condenado a no poder entrar en el apartamento. Oía el teléfono sonar; debían de ser todos los cerrajeros de guardia del país. Me senté en el escalón, hundí la cabeza entre las manos y mis lamentos retumbaron en todo el rellano.

Perdí la noción del tiempo que pasé llorando, pero no fue poco. Por fin se oyó el eco lento y despreocupado de un sádico que subía despacio las escaleras cargando con una caja metálica negra. Me enjugué la cara.

Llegó a mi rellano y leyó un papelito que llevaba en la mano.

—¿Es usted la Mary que ha llamado a un cerrajero?

—No. Yo soy su heredera. La hemos enterrado esta tarde.

—Podría haberme esperado dentro del piso.

—Me he quedado fuera —chillé.

Releyó con esmero su chuleta de subnormal.

—No me consta. ¿Vamos a tener que forzar la cerradura?

—¿Y qué más da? La forzamos. De todos modos, la cerradura vieja es para tirar.

Su rostro joven y rubio de ojos azules y mezquinos se frunció en un mohín. Había oído rumores de que Ilse Koch había dado a luz a un hijo en la cárcel, pero nunca hubiera imaginado que acabaría conociendo al chaval.

—¿Puede demostrar que este apartamento es suyo?

Mi voz se alzó histéricamente.

—Lo he llamado yo. Yo soy Mary. Estoy aquí sentada porque me he dejado las llaves dentro. ¿Qué se piensa, que soy una lunática que va por ahí cambiando cerraduras ajenas?

—Necesito alguna prueba. ¿Lleva encima el permiso de conducir, una factura, algo que la identifique?

—Me dieron un tirón del bolso.

—¿Y algún vecino que pueda certificar su identidad?

Pensé fugazmente en la deidad vengativa que me martirizaba y que ahora proporcionaba a Rhoda-Regina una oportunidad sin fisuras para vengarse. No, agente, no la he visto en mi vida.

—Soy una mujer casada y vivo aquí con mi esposo —sollocé, y las lágrimas que almacenaba en mi cabeza rebalsaron, para variar.

Oí pasos que subían las escaleras. Cerré los ojos y me dispuse a desmayarme.

Cuando los abrí, vi a un recadero portorriqueño con mis cajas de comida en equilibrio, ejecutando el numerito del esclavo egipcio que asciende la empinada pirámide.

—Él me conoce —grité.

—¿Conoces a esta mujer? —preguntó el hijo de Ilse. Qué orgullosa habría estado ella, de haber vivido para disfrutar de aquella crueldad.

—Claro —dijo mi salvador portorriqueño.

—¿Vive en este apartamento?

—Claro.

—¿Esta entrega es para ella?

—Claro.

Dios lo bendiga por su dominio de la lengua inglesa.

—De acuerdo —decidió el nazi—. Cambiaré la cerradura.

Tardó casi una hora de taladro, martillo y blasfemias en sacar la cerradura antigua, y luego casi lo mismo en sustituirla por la nueva. La probó varias veces con una llave preciosa, nuevecita y resplandeciente.

—Pues ya estamos —anunció por fin.

—Gracias, gracias, gracias.

Me ayudó a meter las cajas de cartón en el apartamento.

—Serán sesenta y cinco dólares.

—No le puedo pagar eso —grité—. Tengo cincuenta solamente. Me dijo que serían cincuenta.

—Pero, señora, ese precio no incluía forzar la cerradura.

Lágrimas empezaba a ser mi segundo nombre.

—Iré a pagarle los quince que faltan. Se lo juro por mi madre, que en gloria esté, que mañana tendrá el resto del dinero. Pero por favor, se lo ruego, ahora márchese. Estoy muy alterada por lo del robo. Por favor, apiádese de mí.

El hombre se encogió de hombros.

—Deme los cincuenta.

Agarré el dinero de la mesa de centro y lo puse con ímpetu en sus sucias manos.

—Mañana, Mary, a más tardar. Tenemos su nombre, su número y su dirección. Como no reciba el dinero, no me quedará otra que retirar la cerradura. Política de empresa.

—Lo tendrá, lo tendrá. ¿Le parece que tengo pintas de criminal?

Le cerré la puerta en las narices gracias a mi cerradura nueva y me dejé caer en el sofá respirando con dificultad. Me encendí un pitillo y al ejecutar esa acción automática me percaté de que se me había olvidado comprar un par de cartones de tabaco, el artículo número uno de mi lista de la compra. Rompí en un llanto de frustración, rabia e indignación.

No podía moverme del sofá. Ni para ordenar las compras. Ni para tumbarme. Ni para encender el aire acondicionado. Estaba clavada, crucificada al sofá. Ignoré el timbre del teléfono.

Cuando oí las pisadas de Claude, me parecieron despojadas de significado. Escuché con atención cómo trasteaba inútilmente con su llave en mi cerradura nueva.

—¿Harriet? Harriet, ¿estás ahí?

El lerdo adúltero seguía forcejeando con mi cerradura nueva. Oí sus puños estampándose contra la puerta.

—Déjame entrar. Abre la puerta, hija de la grandísima puta.

Me quedé incrustada en el sofá, aterrorizada ante la idea de que la adrenalina le diera fuerzas para tirar la puerta abajo y me asesinara.

Se reanudaron los golpes, esta vez tratando de atravesar la madera con un hombro, hasta que finalmente, magullado y derrotado, tiró la toalla. Oí sus pasos en retirada y me mantuve muy quieta, inmovilizada.

La botella de escocés me miraba fijamente; capté el mensaje y llené el vaso vacío de Claude. El whisky ayudó. Al cabo de unos minutos fui capaz de moverme, aunque no del sofá. El teléfono volvía a sonar, y esta vez sabía que era Claude quien llamaba.

Os podréis figurar lo mucho que me emocioné al oír el grito de guerra de Maxine.

—¡Harriet! —gritó con voz chillona, extasiada de puro engreimiento—. Me ha llamado Claude para contarme que le has cambiado la cerradura. ¿Es eso verdad, Harriet? ¿Te has vuelto loca?

No contesté.

—Harriet, no puedes hacer eso. Es ilegal. Jerry ha hablado con Claude y se lo ha dicho con estas mismas palabras. A Claude lo ampara la ley, puede hablar con el primer poli que vea por la calle, subir con él y desalojarte por la fuerza de su propiedad.

Típico de Maxine lo de endilgarle a Jerry sus traiciones más despiadadas.

Recuperé la voz:

—Chivata. Chivata, puerca, perra judía, que vendes a los tuyos.

—Pero es que es ilegal, Harriet. Es allanamiento de morada. Claude me ha dicho que te dio dinero para que fueras a un hotel. ¿Qué más quieres de ese pobre hombre, su sangre?

El teléfono se me quedó soldado a la mano.

—Tú y el adefesio gordinflón de tu marido merecéis aparecer ahorcados de la rama de un árbol en Israel, Judas, asesina.

Colgué con violencia. Me agarré la cabeza, lamentándome y gimoteando ante la conspiración de odio que me rodeaba. Enseguida oí a la Gestapo al completo subiendo las escaleras. Derramé la mitad del whisky en la mesa al intentar patosamente rellenar el vaso.

—¿Seguro que está dentro? —preguntó una voz ronca.

—Está dentro.

—Abra. Policía.

En las academias de las SS deben de enseñarles a golpear una puerta de tal modo que la voluntad, la esperanza y hasta la vida de la víctima acorralada quede en suspenso.

—Abra o tiramos la puerta abajo.

¿Cuántas veces había oído mi pueblo aquellas salvajes palabras? Las suficientes para que me levantara como una autómata condenada, me acercara a la puerta y la desatrancara.

Tres gorilas entraron a empellones. Conté a Claude, a Charles y a un matón desconocido vestido de azul oscuro.

—Señorita —dijo el matón; sus ojos azul claro eran dos hendiduras de chanchullos y corrupción—, está usted allanando la propiedad del inquilino legal. Si no se marcha pacíficamente, este caballero tiene derecho a solicitar que se emita una orden que exija su comparecencia ante un juez.

—¿Caballero? ¿Dónde? ¿Quién? ¿Ese? —Señalé a Claude—. Ese es un pervertido sexual. ¿Y ese? —Señalé a Charles—. Un drogadicto.

—Señorita, no dé usted guerra. No estoy autorizado a desahuciarla por la fuerza, pero le recomiendo que se marche por su propio pie. Cambiar la cerradura representa una violación a la propiedad privada.

—Agente —dijo Claude al esbirro generosamente sobornado—, me gustaría entrar y guardar sus cosas.

—No te atrevas a destruir mis pertenencias. —Lo seguí al dormitorio.

Claude tiró encima de la cama mi bolsa de piel de cabritilla y empezó a embutir de cualquier manera en su tripa flácida el contenido de la mecedora. Actuaba deprisa, sin mediar palabra.

—Claude, espera, ¿qué estás haciendo? ¿Te ha drogado Charles? Será desalmado y celoso el muy maricón…

Claude habló:

—Charles ha traído su coche. No te voy a dejar en la calle sin más, en tu estado. Te llevaremos al Chelsea.

—No tengo dinero.

—¿Qué has hecho con los cien dólares?

Charles, al oír la voz injuriosa y atronadora de Claude, apareció en el umbral del dormitorio.

—¿Y yo qué sabía? Me comí una hamburguesa en el Joe's. Me compré un paquete de tabaco. Me lo he gastado.

—No pienso darte ni un centavo más.

Charles se dirigió a su amante en francés:

—¿Qué problema hay?

—Me está extorsionando para sacarme más dinero.

Charles sacó un fajo de billetes del bolsillo.

—No es momento para preocuparse por el dinero. Yo le daré dinero. Lo principal es conseguir que se vaya.

Fue un pequeño milagro descubrir que en la lengua francesa había una manera de decir que el dinero no tiene importancia.

—No —protesté en inglés—. No quiero tu dinero manchado de sangre, las monedas de cinco y diez centavos que les has desplumado a colegiales adictos.

El poli irrumpió en el cuarto.

—¿Qué es lo que pasa?

—Escuche, escuche qué acentos tan raros. ¿Qué andan diciendo? Son una pareja de espías extranjeros. ¿Tienen derecho legal a tirar a una ciudadana estadounidense a la cuneta?

—¿Están ahí todas sus cosas? —le preguntó con educación el uniformado a su jefe.

—No. Me niego rotundamente a marcharme sin mi atún. Y me llevo también el abrelatas eléctrico —dije en tono desafiante.

Claude tuvo la caradura de levantar los ojos hacia el cielo dirigiéndose a Charles, y a continuación me embutió el cilindro de billetes en el bolsillo de los vaqueros.

—No lo pierdas —dijo con su repulsiva prudencia francesa. Y añadió—: ¿Lista?

—Un minidetalle más, Claude. Solo para que conste en acta, quiero que sepas que no me estás echando. En los últimos seis meses he hecho todo lo que estaba en mis humanas manos para salvarte. Me rindo. Quiero que quede meridianamente claro que lo he intentado, pero no me queda otra que abandonarte.

# 8

No sé cuánto tiempo estuve durmiendo, porque cuando desperté en mi celda solitaria, de entre las muchas cosas que no vi, la más notoriamente ausente era un radiodespertador digital. A ver quién es el guapo que averigua la hora que es, en una habitación sin luz solar, interpretando las sombras de las paredes. En ese momento yo era Rudolf Hess elevándose y brillando en Spandau, porque si está tan loco y sujeto a manías persecutorias como sostienen sus abogados, ¿qué peor castigo podía imaginarse que despertar siendo yo? Me quedé tumbada en mi camastro estrecho y sembrado de bultos, serenamente consciente de que el colchón finísimo y capitoneado me había lisiado de por vida. Una bailarina podría haber armado una demanda por daños y perjuicios sin fisuras, pero una no profesional como yo, que sencillamente prefería contar con una columna vertebral sana por motivos personales, no habría ganado el caso. No lograba reunir energía suficiente para volver la cabeza. ¿Alguna vez ha estado alguien así de cansado?, me pregunté. Mi cabeza albergaba todo un álbum de fotografías recientes, vívidas y exentas de sentido. Claude metiendo mis bultos en la parte de atrás del coche de Charles. Un feísimo vestíbulo de hotel con cuadros, objetos de metal colgantes y lámparas de luz fluorescente. Un portero de noche flaco y alopécico que me ignoraba y le entregaba una llave a Claude. Claude abriendo una puerta y tirando mis bienes terrenales a un suelo de linóleo verde, azul y amarillo con manchas pardas de desgaste.

Por toda la habitación, grietas y quemaduras dejaban al descubierto una capa marrón que se extendía como si la peste hubiera azotado las sucintas superficies. Una lamparilla de pantalla amarillenta junto a la cama había sucumbido a medio siglo de bombillas de cuarenta vatios y exhibía unas enfermizas manchas pardas. No me cabía duda de que fuera cual fuera el causante del deterioro de la habitación era contagioso y se cebaría conmigo sin demora.

En mi estómago se fraguaba algo que podría haber sido hambre, de no ser porque al llegar a mi pecho se desvió de su camino y supe que no estaba hambrienta. La boca seca y la garganta cerrada avalaban que aquella sensación no tenía nada que ver con la comida. La cosa iba de encontrarme sola en un frente nuevo, y lo que hacía el cobarde de mi estómago era tratar de desertar a un rincón neutral. Podía tironear, arrastrarse y escabullirse todo lo que quisiera, que sin el resto de mi persona no iba a ir a ninguna parte.

Empezaron a cobrar forma en mi cabeza preguntas y argumentos que se apagaban al cabo de un puñado de palabras tímidas. A veces preferiría conversar con un atracador desquiciado antes que razonar conmigo misma. De todos modos, ¿de qué sirven las preguntas cuando no puedes utilizar las respuestas? Una de las mayores injusticias de la vida es lo rápido que el presente se cuela en el pasado y, una vez ahí, pasa a formar parte de la prehistoria. El ayer había desaparecido, lo mismo daba que fuese el mío o el de Cleopatra. ¿Qué diferencia había para nadie, salvo posiblemente para la Metro-Goldwyn-Mayer, que me arrojaran a esta celda por haber perdido Egipto o a Claude? Nunca nadie había estado tan solo como yo. Los reclusos despertaban en compañía de otros presos, de los solícitos guardias que pasaban las porras por los barrotes, y sus días estaban felizmente dispuestos de antemano. Los enfermos de cáncer despertaban en las plantas de oncología, arrullados por los íntimos quejidos de los moribundos, con enfermeros y médicos afanándose en ayudarlos a morir limpitos. Los negros en sus guetos despertaban en camas sobrepobladas, apartando brazos y piernas ajenos, luchando por una parcela de espacio. Solo yo estaba excluida, sola, suspendida entre el sueño y el vacío, sin nada contra lo que luchar ni un lugar en el que estar. ¿Había habido alguna vez persona más irrelevante, más marginada de la celebración humana?

Me senté en el borde de la cama con los pies plantados en un rosetón verde polvoriento. Toqué una lata de atún con los dedos de los pies. Hola. Hice inventario. En un rincón de la habitación había un lavabo desportillado y con motas pardas. Justo encima, un marco cuadrado con un espejo, el azogue más contaminado que el río Hudson. Casi esperaba ver un pez envenenado flotando en su superficie como de agua con gas. Una persiana verde oscura a medio subir se reflejaba en las burbujas. Junto al lavabo había un frigorífico que me llegaba hasta la cintura, infestado de tomaína, con la puerta pendiendo de unos goznes oxidados. En la pared que quedaba frente a la cama había una mesa tallada burdamente, alargada y estrecha, estilo Bronx bávaro. En ambos extremos de la mesa, pegadas a la pared, había sendas sillas de cocina de madera con respaldo recto y asiento de plástico amarillo. Se me pasó por la cabeza la idea de que era una habitación descaradamente a prueba de suicidios. Ni bañera en la que rajarse las venas, ni vigas de las que colgarse. La pintura del marco cerraba la ventana a cal y canto, para disuadir de saltos impulsivos. Una pistola haría el apaño, pero esos eran métodos masculinos.

Me acerqué al espejo y descubrí que se me derretía la cara. Una toalla habría sido un lujo, igual que una pastilla de jabón, un cepillo de dientes, un tubo de dentífrico, por no hablar de un lugar donde hacer pis más allá del miserable lavamanos. A diferencia de la emperatriz de Irán, yo no suelo llevar conmigo un retrete portátil. Con las yemas de los dedos temblorosas, me atusé mi melena zíngara natural para que me cubriera el rostro todo lo posible.

Y no os lo vais a creer, pero después de obligarme a vestirme, me dio miedo abrir la puerta y salir de la habitación. Me senté en la silla de madera, estrujándome las manos mientras el corazón me latía desbocado, como si el pasillo, las escaleras y el vestíbulo fueran los peldaños que me conducirían al cadalso. Ojalá hubiera sido capaz de pensar con claridad. Pero ¿cómo iba a pensar con el interior del cráneo borboteando igual que una olla de espaguetis?

Para apaciguar los monstruos de mi fuero interno, recluí las latas de atún, el Nescafé, la Cremora y la mayonesa en el frigorífico putrefacto. Busqué una toma de corriente. Una persona en posesión de un abrelatas eléctrico no podía estar tan en las últimas. Compraría unos pocos cuadros, escenas rústicas sencillas, lavaría las cortinas, barrería las colillas, invertiría en una colcha alegre, pintaría las sillas de blanco hospital, decaparía y enceraría la mesa, pondría quizá una alfombrita redonda trenzada a mano a los pies de la cama, y montones de flores fragantes y frescas. «Chica misteriosa transforma cuarto de las escobas en refugio acogedor».

Un plan cobraba forma. Primero iría a la farmacia, compraría montones de jabones y cepillos, ambientadores de azahar en varillas, pasta de dientes, pomadas, espumas de baño, cremas de noche; sería una debutante resplandeciente. ¿Quién es esa chica? No lo sé, pero es la persona más limpia que he visto en mi vida.

Me dirigí a la puerta y mi ángel de la guarda me recordó que me pusiera las sandalias. Los pasillos, con sus suelos de mármol y sus techos abovedados, estaban concebidos para albergar un funeral de Estado. Mis pasos resonaron por todo el sepulcro vacío, un sonido solitario que rebotaba en las paredes mugrientas. Descendí la escalera napoleónica con la cabeza alta. La razón para tan regio porte, advertí con un escalofrío, era un entumecimiento, una rigidez en realidad, que me recorría desde la base del cráneo hasta la parte posterior de los talones. ¿Serán los embates de una meningitis?, me pregunté. ¿Será mi sino un pulmón de acero, un espejo ladeado que refleje el mundo? ¿Quién no sentiría un estremecimiento de pavor ante tan horrible perspectiva? Sentí que me fallaban las piernas y llegué a la recepción justo a tiempo para agarrarme al mostrador y evitar desplomarme y convertirme en un bulto inconsciente.

—Soy la residente de la 228 —informé por propia iniciativa—. Supongo que tengo que registrarme.

El recepcionista no contestó, pero empezó a pasar las páginas de un registro muy abultado.

—Es usted Harriet… —empezó, pero lo interrumpí.

Ni siquiera en una situación de estrés me pillarán dormida en los laureles.

—No. Ella fue la que hizo la reserva. —Sonreímos los dos ante el estúpido juego al que nos veíamos abocados—. Yo me llamo Stephanie. De todos modos —firmé el registro—, si reciben una llamada o una carta dirigida a mi amiga Harriet, yo soy la única persona de los Estados Unidos de América que sabe cómo ponerse en contacto con ella.

El hombre pasó por la página un dedo forense, gris y exangüe.

—Su habitación está pagada hasta el 22 de septiembre. —Para completar la comedia, añadió—: ¿Está todo a su gusto?

—Depende de lo que consideremos gusto —repuse con altivez.

Bien, primer obstáculo superado. Creo que no hay nada más revitalizante para el alma humana que acometer un problema de frente. La rigidez de mi columna vertebral se disolvió. El vestíbulo, como los pasillos, era inmenso. Si no hubiera sido por el idioma, habría podido jurar que me encontraba en el Palacio de Invierno de San Petersburgo. Sin apartar la vista de la puerta giratoria, a unos cuatrocientos metros de distancia, mi visión periférica captó un catálogo de engendros melenudos, todos cargados de flecos y abalorios, desplomados en bancos rojos, acariciando con dulzura fundas de guitarras y amplificadores. Intuí lo mortificante que resultaría caer redonda y perder el conocimiento en medio de aquel ambiente y aceleré el paso. Salí por la puerta giratoria.

Huí tomando la Séptima Avenida en dirección sur. Extremadamente agradable y acogedora si resultabas ser oriundo de San Juan. Siendo yo la persona que soy, no fui capaz de leer ni un letrero ni de reconocer una sola fruta o verdura en los expositores de los colmados. Lo más inquietante de todo es que tampoco entendía las muchas propuestas y chasquidos de lengua que me hacían. No te alejes demasiado del hotel, me guio una preocupada voz interior. Volver a la calle Veintitrés se parecía un poco a bajar del barco. Mi instinto de supervivencia me condujo hasta un autoservicio Horn & Hardart, en el que no había una amable señora dispensando puñados de monedas de cinco centavos porque, a raíz de una prohibitiva inversión en flores de plástico y papel pintado de ladrillo genuino, la pieza de cinco centavos como moneda de curso legal había quedado tan obsoleta como las piedras y las cuentas. Las mesas estaban ocupadas por un montón de gente que ahogaba sus penas en vasos de agua.

Por alguna razón, mientras empujaba mi bandeja por el mostrador de platos humeantes me sorprendí rememorando las exquisiteces que había tenido que engullir en casa de mi madre. De mi madre, la suma sacerdotisa de los pastelillos Duggan's, era célebre el hecho de que nunca tenía hambre. Ella jamás se sentaba con nosotros a comer, y sin embargo pesaba sus buenos noventa kilos.

«No sé —decía, hincando un tenedor en la montañita gris de hígado picado que se elevaba en mi plato—, es que no tengo apetito. ¿Está rico?», me preguntaba, como si yo viviera dentro de su boca.

¿Rico? Era hígado picado, y solo había un sabor posible para el hígado picado. El sabor que ella le daba. Mi padre, frente a mí, levantaba la vista hacia su esposa y solicitaba en clave una Pepsi-Cola. Él era a la Pepsi-Cola lo que ella era a los pastelillos Duggan's. Mi madre hacía el camino de ida y vuelta hasta el refrigerador entre suspiros, observaba cómo mi padre vertía el contenido y lo retaba a una carrera por el vaso. Ganaba siempre ella porque, al no ser mi padre malabarista, perdía una preciosa décima de segundo en dejar el botellín y alargar la mano derecha para agarrar el cáliz.

«Horroroso —decía a la vez que engullía la bebida—. No sé cómo puedes beber esto, es puro veneno».

Cómo nos libramos de una desnutrición aguda con aquella mujer comiendo por nosotros es un problema que dejo a la ciencia médica.

«Mama —le decía yo—, siéntate a comer».

«¿Comer? ¿Yo? —Me arrebataba de las manos el panecillo y lo desgarraba con los dientes—. ¿Estás loca? ¿Cuándo como yo? Si comiera como coméis tu padre y tú, reventaría».

«Ethel —intervenía mi cautivador compañero de colaciones—, ¿queda Pepsi-Cola?».

«Seis botellines te has pimplado hoy. —Le daba el parte a la vez que bajaba mi pan con el poso escaso que quedaba al fondo del vaso de mi padre—. ¡Menudo ritmo el tuyo! Mira —y señalaba con dramatismo hacia la cocina—, encargo ese veneno por cajas».

Y, ciertamente, en la cocina se erigía un monumento, una pirámide de cajas vacías.

Cuando mi madre no estaba comiendo, se entretenía privándose de dormir. Cada mañana yo abría los ojos y descubría su cara flotando por encima de mí, demacrada a consecuencia de llevar dieciséis horas seguidas sin conciliar el sueño.

«¿Qué quieres cenar esta noche?», me preguntaba con la voz cargada de tensión.

Mientras el resto del insaciable mundo dormía a pierna suelta, Ethel yacía mirando fijamente la oscuridad, sopesando qué cocinar. Huelga decir que yo me comía la bazofia que la institución sirviera cada día. Cuando me ponía por delante con malos modos sus albondiguillas requemadas, sabía que era martes, igual que Colón supo que aquellos figurantes sonrientes eran indios.

Me puse a estudiar los tanques de porquería guisada que ofrecía la cafetería. Un alcohólico macilento, al que el vapor ascendente parecía haberle disuelto la carne, esperaba a que yo tomara una decisión.

—Está entorpeciendo el avance de la fila, señorita.

Su voz avejentada me llegó flotando entre los efluvios, y era cierto que detrás de mí se agolpaba una muchedumbre refunfuñona de portabandejas dispuesta a desatar un motín carcelario. Como persona normal que soy, no me resulta fácil tomar decisiones libremente bajo semejante presión. En vez de sufrir las laceraciones de unos tenedores que los reclusos habían afilado con maña hasta convertirlos en puñales, me rendí al pánico y señalé un cuenco de pegamento burbujeante que resultó ser el más incomestible de todos los comestibles: lengua, con las papilas gustativas rígidas a consecuencia del *rigor mortis*. El hombre me pasó el plato, yo lo coloqué en el centro de mi bandeja y encabecé el desfile en dirección a los postres. Seleccioné una porción de tarta de frutas para dejar constancia de mi patriotismo. Es americana, proclamaba con arrogancia mi bandeja, y agité un billete de cinco dólares ante la cajera, que me dedicó una sonrisa. Encontré una mesa vacía junto a la ventana.

Como no estaba entrenada en el protocolo del autoservicio, había pasado por alto equiparme con los utensilios necesarios para comer. Cuando regresé con dos tenedores y un vaso de agua contaminada descubrí a un intruso sentado a mi mesa. Ante él se desplegaban las siguientes viandas: un *brownie,* un pudin de chocolate, una bola de helado de chocolate, un petisú de chocolate y una porción de tarta del diablo. Aparté la lengua y me concentré en los misterios de mi tarta de frutas.

—¿No te entra? —dijo el chaval haciendo un gesto en dirección a mi ración coagulada de lengua.

Me pregunté cómo debía responder a aquella frase aparentemente inocua. Si lo ignoraba, podría atacarme en el acto. Si le respondía, me encaminaba a la violación y la mutilación. La treta más sensata era disuadirlo de sus feroces intenciones.

—La lengua me da náuseas —respondí con franqueza.

—¿Y cómo es que la has pedido?

—Pues… —Me eché a reír—. Porque olvidé mi repugnancia.

—Me hago cargo —dijo—. La cola tiene que seguir avanzando.

—Lo cierto es que resulta que soy inspectora de cafeterías autoservicio —le informé.

—¿Inspectora de cafeterías autoservicio? —Saltaba a la vista que nunca había coincidido con una de nosotras y que estaba impresionado—. ¿Y qué inspeccionas? —preguntó con educación, aclarándose la garganta calafateada con chocolate.

—Bueno, como te imaginarás, depende de las quejas que recibamos. Lo mío son los alimentos —añadí para darle una pista.

—¿Tipo verificar si la preparación cumple con los estándares?

—Bah, al cuerno los estándares. Al menos —me corregí— en lo relativo a la preparación de los alimentos.

—¿Tipo si los alimentos están en mal estado?

—Caliente caliente. Mira, te voy a contar una cosa que muy poca gente de fuera de la organización sabe. Estadísticamente, en un mes somos responsables de más intoxicaciones por tomaína que todas las empresas fabricantes de sopas enlatadas juntas en un año.

—Guau.

—Si todas las personas intoxicadas se pusieran de acuerdo, lo cual naturalmente no puede ocurrir, pero si sus herederos unieran fuerzas, supongo —levanté las manos—, en fin, solo es una suposición, pero me da que podrían elegir de presidente a quien les diera la gana.

—Anda ya, te estás quedando conmigo —dijo el chico.

—A ver, nosotros intentamos evitarlo. —Defendía con lealtad a mi empresa—. Es mi trabajo. Por ponerte un ejemplo, imagínate que nos llega información de que un sándwich de ensaladilla de huevo duro lleva un año y medio en su vitrina. Por supuesto, no queremos que nadie se coma ese sándwich; lo que no quita para que haya una barbaridad de vitrinas a las que dar seguimiento.

—Los postres seguro que no entrañan peligro. —Escudriñó con ojos lastimeros su petisú intacto.

—¡Ja! Si pudiéramos lanzar nuestros postres sobre Vietnam, te juro que pondríamos fin a la guerra, siempre y cuando quedara alguien que nos cediera los derechos sobre el país. Mira mi tarta de frutas —le aconsejé—. ¿Ves esas manchitas verdes que tiene?

—No veo manchitas verdes. —Se levantó abruptamente—. Se me ha hecho tarde —masculló.

Parecía haber ubicado mis ojos donde no era, porque su mirada me rozó la coronilla. Como es natural, me había encariñado bastante con él. A fin de cuentas, era el único conocido que tenía en Nueva York, por así decirlo.

—¿Por qué no te pides un café? Invito yo. Bueno, invita la casa. Te prometo que nunca hemos tenido ningún deceso por café.

—No tomo café, pero gracias de todos modos. Y, nada, feliz inspección.

—¿Cómo te llamas? —grité, pero él ya se había desvanecido de la escena igual que si alguien hubiese cambiado de canal.

Por primera vez experimentaba en mis carnes eso que dice la gente de que Nueva York es una ciudad fría. Brrr. Vamos, si yo conociera a un inspector de alimentos donde fuese, en Atenas, en París, en Praga, lo escucharía hasta el fin de los tiempos.

Un vagabundo con unos pantalones de lienzo blancos como de doctor Kildare manchados de sangre se acercó arrastrando los pies y limpió mecánicamente la mesa con una bayeta que parecía haber sido sumergida en esencia de infección por viruela.

Salí a la calle y me puse a buscar al muchacho. Solo entonces me di cuenta de lo intensa que había sido la atracción. ¿Habría esperado que lo siguiera? Ojalá hubiese sido capaz de encontrarlo y decirle que no entendía las costumbres de apareamiento de su generación. ¿Por qué no le había dicho al menos dónde me alojaba? Estas reflexiones me llevaron hasta la puerta del hotel, y entré.

Había otro recepcionista de guardia, este travestido de arriba abajo, así que me hice la tonta y dije:

—Señorita, ¿algún recado para mi amiga Harriet?

—¿Qué habitación?

—228.

Comprobó una caja vacía.

—Nada.

—¿Ha llamado alguien sin identificarse?

—Desde que ha empezado mi turno, no.

—Bueno —la miré a los ojos—, si alguien llama y no se identifica, usted no tome nota del recado.

El ascensor se llenó de gente, pero ni rastro de mi adorable niño perdido. Tampoco estaba apoyado en la pared junto a la puerta de mi habitación. Mientras metía la llave en la cerradura, me preparé para no encontrarlo en la cama. Como de costumbre, mis expectativas se confirmaron. Me tumbé encima de la cama vacía y me acordé de todas las cosas que había olvidado comprar: dentífrico, jabón, cepillo de dientes. Mi habitación se oscurecía. Cerré los ojos. Probablemente, dejar marchar al chico antes de que se implicara sin remedio había sido lo más prudente. ¿Acaso su juventud, atractiva en un primer momento, no acabaría aburriéndome? ¿Estaba preparada para educarlo y ponerlo a mi nivel?

Me levanté de la cama con cansancio y me acerqué al frigorífico. Solo con mirarlo te exponías a pillar una intoxicación por plomo. Abrí una lata de atún. Ya estaba completamente oscuro. Me estaba perdiendo el *show* de Flip Wilson. Y qué. Que el mundo viera a Flip Wilson mientras yo, una persona a todas luces excepcional, sufría una muerte lenta y agónica por envenenamiento con mercurio. Dejé la lata vacía encima del frigorífico. Me tumbé. Al día siguiente regresaría a la cafetería autoservicio, le daría otra oportunidad al chaval, sisaría unos pocos tenedores, una cuchara, un cuchillo, llevaría una vida con sentido.

# 9

Me desperté de sopetón y asustada. Sentía como si King Kong se hubiese acurrucado sobre mi tórax para echarse un sueñecito. La habitación estaba recalentada y en silencio. Oí un sonido extraño y descubrí que era yo, jadeando como si hubiera salido del sueño a todo correr y acarreando un peso descomunal. Me daba miedo abrir los ojos y me daba miedo no abrirlos, lo que limitaba bastante mis opciones. Pensaba que si abría los ojos vería algo espantoso, pero si no lo hacía, la presencia inadvertida me echaría el guante de todos modos; me embargó una aprensión histérica. Cuando descubrí que no podía abrir los ojos ni tampoco la boca, la decisión estuvo tomada y luché para ver, para pedir ayuda, para moverme, para levantar la escotilla que me tenía atrapada en las tinieblas y el silencio. ¿Estaba dormida, estaba despierta solo a medias, o estaría agonizando? Si lograba hacer un solo movimiento, pronunciar una sola palabra, recobraría del todo la conciencia y estaría salvada. Un tic, un parpadeo bastarían, pero hasta ese gesto insignificante requería un esfuerzo imposiblemente colosal. Mi cuerpo se había endurecido, se había convertido en una efigie pétrea. Mi cerebro, lúcido y frenético, recomendaba que me relajara en la parálisis, que oponer resistencia implicaba morir. Mi única esperanza era rendirme y flotar hasta las simas de la oscuridad. Del dicho al hecho… Allí me quedé, derrotada, hasta que el maleficio se deshizo milagrosamente y mis párpados volvieron a funcionar. Qué suerte la mía, pasar por aquel infierno para encontrarme en la atmósfera húmeda y desmoralizadora del Chelsea… Algo iba terriblemente mal. Al principio no me permití reconocer los síntomas, pero ¿cuánto tiempo puede una luchar contra la realidad? Qué ironía. Estaba sufriendo lo que mi propia madre había anticipado durante toda su vida de casada, a saber, un infarto fulminante.

Mi brazo izquierdo, desde las puntas de los dedos hasta la articulación del hombro chorreante de sudor, palpitaba a consecuencia de unas descargas de dolor insoportables. Solo imaginar que movía el brazo era un acto de heroísmo indescriptible. Mi cuerpo entero, aún vestido con su clásico atuendo de vaqueros-y-camiseta, estaba tan empapado que podría haber dejado huellas de sangre en una piscina de ese mismo líquido. Una culebra invisible ceñía y comprimía mi pecho solivantado con su garra húmeda y letalmente fría. Podría haberme engañado a mí misma y fingir que no estaba sufriendo un infarto, que mi brazo se había quedado dormido y nada más, como si fuera habitual despertarme hecha trizas. Preferí afrontar la gravedad de mi estado. No hace falta que dé detalles sobre los pícnics que se montan los huéspedes con los cadáveres no reclamados. Opté por luchar, por conseguir atención médica mientras aún estaba técnicamente viva.

Me abstuve de proferir inútiles gritos de socorro. ¿Para qué proporcionar un entretenimiento barato a los pervertidos sexuales de la habitación contigua? Me levanté de la cama y atravesé a duras penas la húmeda oscuridad que me envolvía igual que un río embravecido. Me arrastré hasta la puerta, acunando el brazo afectado con el bueno, lo que hizo que abrirla se transformara en una hazaña olímpica por la que no espero ninguna medalla de oro. Sabe Dios cómo lo conseguí; el caso es que, mareada y bascosa, me vi en el ancho y feo bulevar del pasillo. En los pasillos reinaban un silencio y una desapacibilidad antinaturales, la luz era tenue, el aire estaba viciado pero era menos sofocante que en mi exigua celda. Las paredes estaban revestidas de puertas cerradas a cal y canto. Tenía la extraña sensación de ser la única superviviente de una catástrofe nuclear y estar a punto de reunirme con las demás víctimas, o, peor aún, que ya había sucumbido y la muerte no era más que una imitación muy bien hecha de la vida, protagonizada por un elenco de un solo miembro. Mientras estas frívolas especulaciones bombardeaban mi dolorida cabeza, una de las puertas mudas se entreabrió lo suficiente para que una silueta delgada se deslizara al pasillo. No fui capaz de determinar su sexo, pero los casos coronarios no pueden permitirse ser quisquillosos. Lo principal era encontrar ayuda, no un amorío. Aun así, resulta agradable saber si estás interpelando a un violador-asaltante en potencia o a un vacío de femenina vanidad.

La criatura que había ante mí era extremadamente enjuta y estaba más descolorida que un pañuelo de papel. Largas madejas negras de pelo sin vida flotaban alrededor de una cara esquelética. Me acordé de una película de terror japonesa que Claude me había obligado a ir a ver, en la que el héroe, una especie de samurái, le hacía el amor con insistencia a una encantadora visión oriental que invariablemente se transformaba en un saco de huesos rematado por una madeja de pelo negro y sin vida que nos volvía locos tanto al samurái como a mí. Como es obvio, a Claude le pareció preciosa y trascendental. Para su refinado gusto, nunca se torturaba a suficientes japoneses.

Llamé a la aparición:

—Oye. Oye, tú.

Dos órbitas oculares grandes e iluminadas se orientaron en mi dirección, a ciegas.

—Ven aquí un momento, por favor.

Si se puede hablar de expresión facial en un cadáver, habría que decir que la de este era de pavor. Al parecer, mi voz se había inmiscuido en las ensoñaciones que visitan a los fantasmas en largos pasillos desiertos. El espectro olfateó con nerviosismo, el cabello como de telaraña cayendo con la levedad de un velo de crepé sobre su rostro macilento.

—Por favor —repetí sin estar muy segura de lo que diría si se decidía a acercarse.

Lo único que sabía era que necesitaba establecer contacto con aquella criatura, macho, hembra, persona o ánima. A esas alturas ya había llegado a la conclusión de que era varón, si es que puede aplicarse esa designación a alguien cuyos diez dedos emiten una melodía delicada y tintineante compuesta por incontables campanillas diminutas que vibran unas contra otras. Incluso desde donde yo estaba podía olerlo; sus peculiares ropajes exudaban un aroma denso, embriagador y penetrante a incienso y almizcle. Era la persona más aromática y adornada que yo hubiera visto jamás. Cada centímetro cuadrado de sus vaqueros estaba pintado, bordado o escrito. Estaba tan recubierto de chapas y lemas que supongo que podrían haberlo metido en una cápsula del tiempo para que las generaciones futuras lo interpretaran igual que los manuscritos del mar Muerto.

—¿Hablas conmigo? —El cascabeleo de su mano proveyó el acompañamiento musical. La expresión de alarma total no abandonó su rostro en ningún momento.

—Escúchame —le dije—, no voy a hacerte nada malo. De hecho, se trata de todo lo contrario. Necesito que me ayudes.

—Te manda Victor —dijo en tono monocorde, manteniéndose como mínimo a diez pasos—. ¿Y bien? —preguntó a la vez que se llevaba las manos musicales a las caderas estrechas y hacía una especie de parodia de una persona furiosa—. ¿Qué amenazas de mierda se le han ocurrido esta vez? —Entonces pareció aterrorizarse ante su propia agresión—. No va a conseguir que vuelva —añadió con voz agriada—. Dile que mis padres lo saben todo y que están dispuestos a hablar con la Policía si él o cualquiera de sus esclavos de pacotilla me incordian. Es lo que acabo de contarle a Roger, y él me ha prometido —su defensa se cargó de lágrimas—, me ha dado su palabra, su palabra de asqueroso soplón, de que Victor me quiere y está rezando para que llegue el día en que recupere la buena salud y regrese por mi propio pie a su mesa. A su mesa —añadió con una especie de tos o risa entrecortada y enloquecida—. Esa sí que es buena.

Traté de poner fin a su monólogo.

—¿Es esa tu habitación? —pregunté en tono cordial—. Porque en ese caso somos vecinos. Mi habitación es esta. —Señalé con el pulgar la puerta que quedaba a mi espalda—. Pero hacía un calor tan abrasador que he salido para salvarme, por los pelos. ¿La tuya es tan enana y cutre como la mía? ¿Son zulos todas las habitaciones de este antro? Verás, no te lo vas a creer, pero hasta hace un momento pensaba que me estaba dando un infarto. Por suerte ha resultado ser solo un sofocón. Por un casual no tendrás aire acondicionado en tu habitación, ¿no? Te veo muy frescote.

—Sabes perfectamente que no es mi habitación —dijo dando un pisotón con su sandalia y ofreciéndome otra dosis de su peculiar rabia fingida.

Era como si no tuviera más expresiones aparte del terror pero hubiese ensayado las demás y fuese capaz de interpretar todos los gestos de rigor.

—¿De qué palo vas, doña Inocente? Puede que esté loco —añadió victorioso, con un orgulloso latigazo de su pelo de diente de león—. Todos los especialistas de Nueva York están de acuerdo, pero no soy idiota.

—Lo siento mucho. No pretendía insultar tu inteligencia, de verdad que no sé de qué me estás hablando. Por ejemplo, no tengo ni repajolera idea de quiénes son Victor y Roger.

—Ya, claro. —Su mueca de calavera se estiró generando un efecto extraño en la afilada nariz—. Es pura coincidencia. Vengo de ver a Roger y quiere el azar que te encuentre a ti tomando el aire en el pasillo a la una de la mañana.

—¿La una de la mañana? —repetí con espanto—. ¿Me estás diciendo que solo es la una de la mañana?

Había albergado la esperanza de que fuese por lo menos la tarde del día siguiente. A este paso, si cada noche de mi vida tardaba todo un año en transcurrir, mi proceso de envejecimiento iba a acelerarse estrepitosamente.

Se apartó de mí.

—Venga —me retó—. Ve a informar a Roger. Dile que no me he dejado intimidar. Dile que Victor puede mandarme un ejército de arpías, de furias, que no pienso volver.

Y dicho esto se perdió por el pasillo a toda velocidad, dejando una estela de aroma y sonido como de harén revolucionado.

No me planteé seguirlo porque, en primer lugar, dudaba de mi capacidad para abrirme paso a través de sus obsesiones, y, en segundo lugar, la puerta, la misma puerta, se había abierto, liberando a otra criatura exótica. Esta vez oí los inconfundibles sonidos de una fiesta íntima: voces quedas, bongos suaves, risas apagadas. Tuve que remontarme casi a una vida anterior para recordar la última velada a la que había asistido, porque la idea que Claude tenía de una noche agradable consistía en apoltronarse con una pandilla de refugiados a extasiarse a cuenta de la última comida casera que habían degustado. En París no sabes si estás en una fiesta hasta que ves quién apoquina con la cuenta.

A tenor de los invitados que se marchaban, llegué a la conclusión de que me estaba perdiendo un baile de máscaras. Esta era tan ridículamente femenina que habría jurado que era un hombre. Un hombre enclenque que había soportado demasiadas humillaciones y había optado por tirar por el otro camino, el de Veronica Lake.

Una lámina de cabello platino cubría la mitad del rostro, lo cual estaba muy bien, porque si el ojo oculto requería la misma ejecución que el ojo público, por favor, que me tumbasen boca arriba y me dejasen pintar la capilla Sixtina.

Al acercarme, vi que se había decorado el ojo con miles de tentáculos azul eléctrico, convirtiendo así la mitad de la cara en un pulpo. Aun así, conservé mi optimismo habitual y me dirigí a ella como a una persona normal. He descubierto que los chiflados más graves agradecen mi tolerancia hasta el punto de recuperar fugazmente la cordura.

—Perdona —dije con educación—, pero ¿por un casual sabes si un tal Roger está dando una fiesta en esa habitación de la que acabas de salir?

Su ojo octópodo refulgió en mi dirección. Le costó separar los labios generosamente pintados.

—¿Fiesta? —dijo emitiendo un pequeño chasquido provocado por el aire, que había hecho ventosa—. Roger no da fiestas.

—Pero un amigo mío, al que conozco desde hace poco, me ha invitado a una fiesta, y estoy segura de que me dijo que era en la habitación de Roger.

La cara de Veronica sufrió unos espasmos la mar de elaborados, lo que me llevó a pensar que le estaba dando un ictus que por suerte derivó en un bostezo, peligrosamente constreñido por su boca con autocierre al vacío. Mortificada por aquel desliz social, sus facciones se endurecieron hasta recuperar la inmovilidad anterior y se marchó sin despedirse siquiera. Al menos, nuestro limitado intercambio me había llevado al lado contrario del pasillo, y allí estaba yo, enferma y sin amigos, ante la puerta de Roger.

Como padezco la condena de esa reserva tan británica cuando se trata de inmiscuirme en la intimidad ajena, no sé cuánto tiempo me quedé plantada delante de la puerta tratando de decidirme entre la emergencia y la discreción. Los síntomas habían vuelto con tan renovado vigor que parecía que solo hubieran salido a tomarse un refresco. Sudaba, tenía náuseas, temblores, y los golpes de mi pobre corazón hiperventilado contra el pecho se tradujeron involuntariamente en los golpes de mi puño contra la puerta. Los bongos pararon. Me asombró oírme a mí misma sollozar:

—Por favor, por favor, dejadme entrar.

Entonces la puerta se abrió, despacito, como si hubiera muebles amontonados bloqueándola, y asomó una chica alta que llevaba una peluca pelirroja de Susan Hayward y un picardías. Vi que de su cuello colgaba una cuchara de plata diminuta en un fino cordón de cuero.

—No es Libby —dijo a alguien que quedaba a su espalda.

—¿Quién es? —oí que preguntaba un hombre.

—Una tía paranoica. —Hizo amago de cerrarme la puerta en las narices.

—Por favor. —La detuve—. Tengo que ver a Roger.

—¿Qué quieres tú de Roger?

—Estoy mala. Llamad a una ambulancia.

—Dice que necesita una ambulancia.

—Pero ¿quién es?

No soy capaz de describir lo imposible que resulta pronunciar Harriet a un público oculto. Cuando lo dices, no te queda otra que lidiar en el acto con las reacciones del oyente. Llamar Harriet a una niña es condenarla a la mediocridad.

Mi silencio obró en mi favor. Roger, cuya voz ahora sonaba menos lejana, dijo:

—No te quedes ahí plantada. Si está sola, déjala entrar.

La puerta se abrió más y noté una corriente de aire fresco. Conque el antro sí que tenía aire acondicionado. Típico de Claude lo de alquilarme la sauna. Detrás de Susan Hayward resplandecía una hoguera, el efecto que creaba una bombilla roja que colgaba como una joya del centro del techo. Roger, desnudo de cintura para arriba, sin más ropa que unos Levi's sujetos a las caderas mediante un cinturón ancho de hebilla plateada, se acercó con la gracia de un dios saliendo de entre las llamas para darme la bienvenida a un universo nuevo.

Antes incluso de gozar del privilegio de ser partícipe de su personalidad excepcional, reconocí en Roger a un alma gemela, por no decir a un salvador, algo nada habitual teniendo en cuenta el prejuicio pueril que yo albergaba respecto a los alopécicos prematuros de piel delicada y ojos pálidos; no, lo que me asaltó fue una revelación espontánea, una apreciación instantánea de la vida interior extremadamente evolucionada de Roger. Aunque, por supuesto, en aquel momento estaba demasiado enferma para ser consciente de ello.

Roger comprobó que no hubiera nadie más en el pasillo y, cuando se hubo convencido de que no me cubría las espaldas un ejército de comerciales de productos Fuller Brush, me dejó pasar. Me quedé muy quieta y callada mientras todos los cerrojos y cadenas de la puerta volvían a su sitio.

Mi habitación habría cabido perfectamente en una esquina de lo que debía de ser la *suite* real. Había tres ventanas con pesados cortinajes, una de las cuales albergaba con orgullo un aparato de aire acondicionado que emitía un suave zumbido. Vi sillones, mesas, una cocina empotrada, alfombras y, en la esquina más alejada —no daba crédito a lo que veían mis ojos—, un televisor enorme y anticuado, con el sonido apagado, el tubo gris azulado como una bruma brillante de líneas giratorias, zigzagueantes y desmembradas. Había dos sofás cama bajos, separados de la pared, orientados hacia el tubo desenfocado. Gira el dial horizontal, estuve a punto de gritar; la dolorosa visión agravaba mi estado ya de por sí grave. No sería capaz de explicarlo, pero era como ver a un viejo amigo agonizando.

Había un cuerpo repantigado en una de las camas, y Susan Hayward fue a sentarse a su vera, sin molestarse en ajustar la imagen del televisor. La espaciosa habitación tenía el ambiente de un lugar vivido y personal, y dilucidé que Roger debía de ser un residente fijo del hotel. Estaba tan atareada haciendo inventario que no me di cuenta de que mi anfitrión me hablaba. La voz de Roger es el puño de hierro enguantado en seda por antonomasia, o sea, delicadísima y a la vez magnéticamente apremiante. Puede que requiera cierto esfuerzo escuchar el discurso casi inaudible de Roger, pero recibes tal sabiduría en recompensa que yo no cambiaría una de las frases ininteligibles de Roger por las obras completas de William Shakespeare.

—¿Cómo? —dije.

—Te he preguntado qué problema tienes.

—No lo distingo sin sonido ni imagen buena.

—Tu problema. Estabas armando un follón con que necesitabas un médico.

—¿Te importa que me siente? —le pregunté, porque tengo verdadera fobia a estar de pie intentando dar explicaciones.

—Mira, Roger —dijo la pervertida desde el rincón de la tele—. Es como meterse por el túnel Holland.

Roger la ignoró y, rodeando a una chica desnuda que estaba tumbada bocarriba, me condujo hasta un sillón grande de madera de arce.

—Siéntate aquí —dijo.

Yo no solía plantearme los porqués. Agradecí poder desplomarme entre los cojines y procedí a desmayarme, a sumirme más y más en un vacío al que descendía de cabeza. Naturalmente, me horrorizaba desvanecerme rodeada de extraños. Respeto las normas sociales hasta el absurdo. ¿Quién no conoce la vieja cantinela de que la vida del ahorcado desfila ante sus ojos antes de morir? Me sentí como si dispusiera de tiempo suficiente para hacer un repaso minucioso de todas y cada una de las personas que me habían fallado mientras el abismo se me tragaba. Fue entonces cuando me percaté de que no se trataba de un mero vahído, sino de que el Cerdo Supremo estaba liquidando mi cuenta.

—Me estoy muriendo —grité, y noté que los brazos potentes de Roger tiraban de mí hacia delante.

Mi impresión de Roger permanecerá indeleble como la del héroe galante que me rescató de las fauces del león, aunque resultó que mi horrible descenso no había sido más que irme hacia atrás en un sillón reclinable. Cierto que el opulento mobiliario debería haberme preparado para el lujo de un sillón reclinable. Sin embargo, debido a mi temporada en Europa, no entra en mis expectativas que un sillón de grandes dimensiones con cojines desparejados se convierta en montaña rusa.

Roger agarró mis manos temblorosas con su apretón firme.

—¿Qué te pasa, nena? Estás más blanca que la pared. —Parecía preocupado—. ¿Un mal viaje?

—Parece… —dije cuando recobré la compostura y de inmediato me sentí en la obligación de aliviar a Roger de su culpa respecto a su desatino social—, un mal viaje en un columpio, pero ya estoy mejor.

—Henny Penny, tráele una copa de vino.

—Roger, no has terminado conmigo —murmuró la chica desnuda del suelo.

—Que le traigas una copa de vino te he dicho.

—Diablos —maldijo la chica en voz baja a la vez que se levantaba de la alfombra.

Se la veía temerosa de contradecir a Roger. Se dirigió descalza hasta una mesa de madera alargada, réplica de la monstruosidad de mi celda diminuta, y me acercó obedientemente una copa de vino tinto. Apenas levantó los ojos hacia Roger.

—¿Vas a terminar conmigo?

—¿Estás formulando una pregunta? ¿Me estás interrogando?

El cuello de la chica se hundió bajo su barbilla.

—Túmbate en el suelo —le ordenó con amabilidad—. Solo quiero que nuestra invitada se encuentre a gusto.

—Ay, gracias, Roger —dijo con júbilo, juntando las manos en un amago de juego infantil de palmas. En un abrir y cerrar de ojos volvía a estar echada de espaldas en el suelo.

Se reanudó la percusión monótona y grave de los bongos. Habría sido de agradecer que me presentaran al músico.

—Bebe —me animó Roger. Liberó mis manos—. Bebe y procura relajarte.

Un leve sollozo que me pilló completamente desprevenida brotó de mi pecho en tensión. Roger me escudriñaba, lo que provocó que tragar la amarga poción no fuese tarea fácil.

—¿Mejor?

No era ni el momento ni el lugar para rechazar la botella.

—Mucho mejor —agradecí. Como dijo Sócrates a propósito de su cicuta, la intención es lo que cuenta.

—Relájate —repitió, y me dio un amable apretón en el muslo.

El «ay» me salió como si yo fuese una muñeca de cuerda.

—Guau —dijo—. Qué tensión. Estás hecha un trapo. Es fantástico.

Como no sabía si sentirme insultada o halagada por aquel entusiasmo tan contradictorio, me limité a quedarme sentada muy tiesa en el borde del sillón traicionero hasta recuperar mi aplomo acostumbrado. Mientras recobraba la calma, mi concienzudo cerebro volvió a la carga. ¿Quién era Henny Penny? ¿Qué iba a terminar Roger de hacerle? ¿Quién era la pareja del sofá cama? ¿Quién era Roger? ¿Y quién en aquella habitación en penumbra me deseaba la muerte a consecuencia de las obsesivas atenciones de Roger?

—Recuéstate, pero esta vez más despacio. —Esbozó una sonrisa.

Permitidme zanjar el asunto de los dientes de Roger: son las cicatrices, las heridas de unas batallas libradas y ganadas. Son los jeroglíficos deteriorados de la vulnerabilidad. Revelan que este hombre extraordinariamente evolucionado ha conocido el dolor. Me encanta la dentadura pésima de Roger. Mientras la miraba fijamente, sin sospechar aún que estaba enamorándome de aquellos dientes, recibí un mensaje urgente en mi contestador interior. En esencia, el mensaje venía a decir que si me echaba hacia atrás caería muerta. Por muy absurdas que sean esas advertencias amenazadoras, exigen obediencia absoluta o bien la voluntad de atenerse a las consecuencias. Dado que el precio es siempre tan alto —muerte, locura o parálisis si pienso en ciertas palabras o levanto la vista al cielo o ingiero un alimento concreto, lo que sea—, nunca he puesto a prueba las amenazas terroristas y cooperando he conseguido mantenerme relativamente viva.

—Dame un minuto —pedí.

Roger pareció entender mi dilema como si me tuviera pinchado el cerebro.

—Tómate el tiempo que necesites —dijo con aquella voz susurrada como si hablar le diera dolor de muelas.

—Toma, Roger.

Una figura conocida se desenredó del percusionista y se acercó a nosotros, un espantapájaros ataviado con un picardías vaporoso. Sostenía un porro encendido entre los dedos largos y huesudos, que llevaba tan apartados de su cuerpo de palitroque como sus brazos de palitroque le permitían. Era como si sujetara unos calcetines sucios o cualquier otra exquisitez del estilo. Su cara estaba marcada por lo que percibí al instante como una perpetua mueca de desprecio.

—Dale una calada, cariño.

Era evidente que se había autoproclamado única dueña y señora de todos los varones de la habitación, si no ya del mundo entero. ¿No había tratado de intimidarme esa misma mueca de desprecio para que comprara un lápiz de ojos hipoalergénico y barato que me permitiría lucir un aspecto tan embalsamado como el de ella?

—¿Yo a ti no te he visto haciendo de modelo por la tele? —le solté, y a modo de respuesta su mueca se transformó en un claro paroxismo de repugnancia.

Con mucho gusto habría donado mi lengua a la marca de salchichas *kosher* Hebrew National. A la vez que parecía a punto de vomitar, se succionó las mejillas drásticamente hundidas y le pasó el porro a Roger.

—Estoy rota —alardeó, como si hiciera falta un talento especial para colocarse.

Señor, cuídame de estos bomboncitos con hoyuelos que siempre andan felicitándose por no tener ni pensamientos ni sentimientos.

Roger aceptó el ofrecimiento diciendo «Gracias, Clarissa» y aspiró con una pericia despreocupada que evidenciaba que no era un flipado diletante. Aguantando la respiración, hizo un gesto para pasarme el porro, que yo rechacé con un ademán categórico.

Como es natural, su aroma suculento me tentaba, pero lo cierto es que no soy tan autodestructiva como para ponerme ciega en una habitación con dos hembras hostiles, cualquiera de las cuales podía ser mi enemiga mortal. En unas condiciones tan adversas, es probable que mi poderoso cerebro me traicione. He aprendido a protegerme, es decir, que me drogo en compañía de iguales, hombres capaces de acompañar los vuelos fantásticos de mi mente en caída libre, y no, insisto, con un lacayo como Claude, que solo se preocupa de que te muestres encantadora.

Obviamente me intranquilizó la posibilidad de que Roger interpretara mi negativa como un rechazo personal. Nada más lejos de la realidad. Si las drogas le daban valor para relacionarse conmigo, yo no podía por menos de apoyar su disposición a agarrarse a un clavo ardiendo. Como psicóloga instintiva que soy, concluí que Roger ganaba confianza cuando se ponía al servicio de mis necesidades. En paralelo a esta percepción, descubrí que me había olvidado la cajetilla de Marlboro tras mi reciente episodio de insuficiencia cardíaca. Tan pronto como fui consciente de mi despiste, experimenté severos síntomas de abstinencia.

—De buena gana me fumaría un Marlboro. Me temo que me he dejado los míos en la habitación, pero cualquier marca con filtro me vale.

—Mal, muy mal —canturreó Clarissa—. Roger condena el tabaco comercial. Opina que es un vicio asqueroso, ¿verdad que sí, Roger, cariñito?

Voy a permitirme una digresión acerca de mi eterna enemiga, la envidia femenina. Como su víctima número uno, quiero dejar aquí constancia de que la envidia femenina es la forma más destructiva de adulación jamás inventada. Sus hondas y sus flechas me han acarreado tantos quebraderos de cabeza que a veces he deseado ser invisible solo para librarme de su tiranía. A ver quién es la guapa que le explica a una horda de mujeres furiosas que mi vida, a pesar de las apariencias, no es perfecta.

—Qué afortunado es Roger por tenerte para que escuches y hables por él —la halagué—. Eres como una boca lazarillo.

—Roger, me lo prometiste —gimió una voz a nuestros pies.

—¿Todavía estás ahí, Henny Penny? Levántate, por el amor de Dios.

—Pero no has terminado conmigo.

—¿Estás discutiendo conmigo?

Se levantó de un brinco, la cara oculta por la cascada de pelo.

—Sé buena y vístete.

—Sí, Roger. —Se escabulló como una niña esquivando un castigo.

—¿En qué habitación estás? —me preguntó Roger con otra voz.

—Justo enfrente, en la 228.

—¿Está cerrada con llave? Ya la has oído, Henny Penny. Ve a por su tabaco, rapidito.

—Creo que está encima de la cama —empecé a decir.

—Lo encontrará. ¿Algo más que necesites?

Negué con la cabeza, un pelín desconcertada ante los cambios de humor de Roger. Henny Penny, con una camisola india que apenas le cubría los muslos, estaba ya en la puerta.

—Gracias —le dije.

—Henny Penny es de gran ayuda. No sé qué haría sin ella.

La chica se permitió un segundo para dedicarle una sonrisa antes de salir corriendo a hacer su recado.

Clarissa se echó a reír.

—Qué cosas tienes, cariño, ya inventarías otra Henny Penny.

—Yo quiero a Henny Penny —insistió Roger—. Es parte de mí.

—Una parte de lo más útil, debo decir.

—Fundamental. Por eso ella sabe que soy completamente suyo.

Se me pasó por la cabeza que había malinterpretado la situación, o como mínimo que no había leído la letra pequeña.

—Cielo, sois mi pareja favoritísima —canturreó Clarissa confirmando mis peores miedos.

Se me cayó el alma a los pies por haber ignorado a Henny Penny, actitud provocada por mi deficiencia a la hora de entablar conversación con un felpudo en cueros.

El objeto en cuestión regresó al trote con la cajetilla de tabaco, y mientras Roger tenía la gentileza de ofrecerme fuego, intenté establecer lazos con ella. Imposible. He visto unas pocas caras inexpresivas a lo largo de mi vida, pero, comparadas con la de Henny Penny, las del pasado son estrellas del cine mudo. Unos ojos grandes, redondos, grises y luminiscentes que no pestañeaban eran la única prueba de que la máquina estaba enchufada. Ojos redondos en una cara redonda dentro de una cabeza redonda, todo ello unido por una coleta castaña poco voluminosa. En fin, fuera lo que fuera Roger, estaba claro que no se dejaba engañar por una cara bonita.

Intervino el que tocaba los bongos:

—Penelope, dame un cigarrillo.

Sus ojos imperturbables se posaron primero en Roger y, una vez completada esa comunicación, fue correteando hasta el rincón en penumbra, con un cigarrillo suelto en la mano.

—Es un encanto de niña —dije porque me parecía grosero mi silencio.

—Un sol —me imitó Clarissa—. Será mejor que vaya a proteger lo que es mío. —Y, dicho esto, la bruja celosa se adentró en las sombras siguiendo los pasos de Henny Penny.

Roger movió una silla de respaldo recto junto a mí.

—Vamos a hablar tú y yo —dijo girando mi sillón reclinable de manera que le diese la espalda al rincón de la tele.

Me llegó desde atrás la melódica sintonía de *The Late Late Show*.

—Joder —saltó Clarissa—. *Música y lágrimas* otra vez.

¿Por qué no se va a su casa?, estuve a punto de decir en voz alta, pero en vez de eso centré toda mi atención en Roger. Cuanto más cerca estaba, más sentía yo la intensidad de su poderosa personalidad.

Me ofreció su sonrisa devastada.

—Vamos a ir muy poco a poco. ¿Cómo te llamas?

A algunos, especialmente a algunos con nombres como Benton o Prentice, aquella podía parecerles una pregunta bastante sencilla, pero para mí era un boquete del que tal vez lograría salir o tal vez no. Me quedé callada.

—Está bien —dijo Roger con suavidad—. Sigue en el papel de invitada misteriosa. Me gustan las chicas que no te sueltan su vida y milagros a las primeras de cambio. Pero de alguna manera tendremos que llamarte. ¿Y si te pongo yo un nombre?

—Depende —respondí con cautela. Lo cierto es que temía que, en vista de nuestra conexión en el límite de lo escalofriante, se le ocurriera llamarme Harriet.

—Me pareces extranjera. —Tanteó en busca de mi identidad con la sensibilidad de un ciego que pasa los dedos por una Biblia en braille—. Reservada, creativa, sensual y extremadamente intuitiva.

Ojalá mi propia madre hubiera pronosticado mi temperamento con una exactitud tan asombrosa.

—También soy extremadamente inteligente —confesé.

—Nena… —musitó Roger como un tierno lamento, y entendí de una vez por todas que con él nunca sería necesario explicitar lo obvio.

Una sensación de alivio se irradió por todo mi cuerpo y entendí que estaba en pleno proceso de deshielo tras los seis meses de gelidez con Claude. Roger me puso la mano en la nuca y con el pulgar apretó el pulso que me latía en la garganta. El gesto suscitó tal desbarajuste de calor en mis brazos y mi pecho que me dio miedo descongelarme antes de tiempo. Derretirme y quedar hecha un amasijo amorfo sobre el cómodo sillón reclinable.

—Cuidado con esas manos —dije con brusquedad.

—Sí —repuso con delicadeza, apartando el objeto de la ofensa—. Hace demasiado tiempo que nadie te toca con maña o amor. Esa es la dolencia que te ha traído a mi puerta, Leela.

—¿Leela quién es?

—Leela, en sánscrito, significa 'juego sagrado'.

—No me gusta —dije tajante.

Roger se encogió de hombros.

—Es un pelín anticuado.

—Tienes toda la razón. Tú eres hija de tu tiempo. No te apures —me aconsejó—. Ya llegará el nombre correcto.

—¿De qué iba la dolencia de Leela que comentabas?

Roger pareció fugazmente abrumado. Se llevó una mano a sus ojos claros y levantó la otra en el aire chasqueando los dedos. Henny Penny se acercó a toda prisa, encajó un porro en la mano levantada de Roger y con la misma celeridad nos dejó solos.

Roger encendió el porro con parsimonia, aspiró con ganas y me lo ofreció con una insistencia muda. No tenía fuerzas para negarme otra vez. Una expresión de satisfacción se propagó por el rostro anodino de Roger transmitiéndome lo que ya sabía: que anhelaba que estuviéramos unidos en todos los aspectos.

Nos quedamos un momento en silencio pasándonos el canuto, solo que yo daba dos o tres caladas por cada una de las de Roger.

—No tengas miedo. Nos ayudará a ir directos al grano.

Noté sus bondades casi al instante, por el vino y por el estómago vacío.

—¿Qué estás haciendo? —pregunté porque Roger se había agachado y oí un claro chasquido mecánico.

—Nada, nena.

—Déjame ver. —Me incliné para ver qué andaba tramando.

—Es un magnetófono —reconoció.

Aquello no me gustó un pelo.

—Oye, ¿qué pasa?, ¿eres poli o algo así?

No nos engañemos, la fuerza policial había intervenido en mis tres últimos cambios de domicilio.

—¿Qué interés podría tener en ti la Policía?

Que Roger me imaginase vulnerable a semejantes triquiñuelas casi me hizo levantarme y salir de la habitación. Una imagen fugaz de la celda vacía y embrutecedora que me esperaba al otro lado del pasillo me convenció de darle una segunda oportunidad.

—Apaga ese trasto —dije encendiendo un cigarrillo normal. Para qué quería el FBI un kilómetro de cinta de Harriet exhalando anillos de humo.

—Qué dura eres —repuso Roger acatando la orden.

Era nuestra primera desavenencia, y por las furiosas ganas de llorar que me entraron entendí lo mucho que me había ofendido. Roger alargó la mano y sostuvo la que me quedaba libre. Colocó el pulgar en la palma de mi mano y apretó hasta que sentí un dolor apagado que pareció desplazarse directamente al corazón. Era como si estuviese abriendo mi corazón para que pudiera escucharlo a él y no las objeciones que ponía mi cerebro cansado. Levanté la vista y descubrí que estaba examinándome.

—¿Qué haces? —pregunté porque intuía que era algo fuera de lo común.

—Pedirle a tu cuerpo que confíe en mí.

—Vaya cosa más rara.

—Créeme, pequeña, si aprendieras a escuchar a tu cuerpo, que es sabio, inmediatamente lo sabrías todo de mí, y creo que confiarías. Sabrías que te quiero, y terminaría esa batalla que libras para protegerte tanto de mí como del resto del mundo. Dale la victoria a tu cuerpo. Solicita una tregua de preguntas y respuestas, y lo sabrás todo.

Mi cuerpo atrapado por su dedo pulgar reaccionaba, pero mi cerebro conmocionado oponía resistencia. Protesté:

—Mi cuerpo se opone tanto como el resto de mi persona a que se grabe a hurtadillas una conversación privada. A diferencia de otros cuerpos que quizá hayas conocido últimamente, el mío sabe reconocer una rata nada más olerla.

—Eres demasiado.

Liberó mi mano y esbozó su sonrisa desfigurada.

Me puse con cuidado la mano en el regazo, temerosa de dejarla sola. Parecía estar rebelándose. Abandonada a su suerte, amenazaba con arrastrarse de nuevo hasta Roger y hacer las paces por su cuenta. Mi corazón se cerró dando un portazo desilusionado y sentí que mi cuerpo me zarandeaba.

—¿No estás enfadado conmigo? —dije presa del necio impulso de pedir perdón.

—¿Enfadado? —respondió atónito, como si aquella palabra no tuviera razón de ser en nuestro léxico compartido—. Nena, lo que estoy es impresionado. Me barruntaba que tendrías una percepción especial de ti misma, una clase de autopreservación personalísima. Es un milagro encontrar a una chica como tú sola en este hotel. Porque estás sola, ¿verdad?

Asentí al punto para no interrumpir la efusión de sentimientos reprimidos.

—Y yo me pregunto: ¿por qué está sola una chica guapa como tú? Y no hay más que una posibilidad. Que no te has rendido. No has transigido porque no puedes transigir.

—¿Por qué no puedo transigir? —pregunté anhelosa.

—Porque no hay transigencia posible para los de tu pasta, nena. Libras una batalla constante a vida o muerte. Cuando te abres a alguien, te abres por completo. No te guardas nada. Tú necesitas a un hombre fuerte, y no a esos blandengues, a esos especímenes envarados que esta sociedad llama hombres. Y dudo mucho que lo hayas encontrado aún. Una vez que lo encuentres, será para siempre. Volcarás tu vida entera en él.

Seréis dos cuerpos enamorados al servicio de un solo espíritu. No puedes correr el riesgo de volcar ese río de amor en el hombre equivocado. Para una mujer de tu intensidad, abrirse a un hombre ordinario sería peor que el suicidio o el asesinato. Tú no has asesinado a nadie, ¿verdad? —me dijo para tomarme el pelo.

—No. —Me reí—. Aunque no por falta de ganas.

—Me hago cargo —añadió poniendo freno a su exaltación.

Esperé a que siguiera, pero adoptó un aire severo, perdido en sus propios y complejos pensamientos.

—He intentado transigir —reconocí con timidez—. Con frecuencia.

De forma espontánea, me puso las dos manos en la nuca, justo bajo el nacimiento del pelo, y me masajeó los hombros. Noté que me sonrojaba, y un escalofrío incontrolable invadió mi cabeza.

—Es espantoso, espantoso. El terrible aislamiento al que condena la integridad.

—No, dulce niña mía —acercó sus labios a mi oreja—. No estoy enfadado contigo.

Su mano subió por mi cuello, sus dedos fuertes empezaron a masajearme la base del cráneo e, increíble pero cierto, un grito se me atragantó entre el pecho y la laringe. Era como si Roger hubiera dado con el resorte oculto que abría la caja china.

—Desahógate —me instó, pero no me atreví y estrangulé aquel sonido.

Solo entonces descubrí, como si la hubiese oído, la recia mole de sonido que había alojada dentro de mí. No tenía miedo de Roger, que no alcanzaba a imaginar el efecto que ejercía lo que estaba haciendo, sino de mí misma. Deseaba desesperadamente volver a sentirme normal. Nada más formular este deseo, me di cuenta de que estaba paralizada de cintura para abajo.

—No puedo andar —grité en un anuncio cuando menos peculiar, teniendo en cuenta que estaba sentada en un sillón.

—Por Dios bendito. —Roger se apartó de mí—. ¿Tú te has visto? Estás más tiesa que el Hombre de Látex. Mira.

Me estiró las piernas, que estaban trenzadas bajo todo mi peso, y las libró del *rigor mortis* frotándolas con ímpetu. Las colocó sobre su regazo y mis pies descalzos asomaron flácidos de los bajos acampanados. Me encendí otro cigarrillo para no tener que mirar a Roger.

—¿Estás cómoda? —preguntó juqueteando distraídamente con las plantas de mis pies.

—Me haces cosquillas —mentí, porque para qué contarle que sentía como si del interior de mis muslos se derramasen baldes de agua caliente.

—Eres un manojito de nervios preciosos —me dijo—. De nervios preciosos y famélicos.

—¿Cómo es que sabes tantas cosas de mí? —pregunté con timidez pues cada vez era más consciente de su impecable promedio al batear.

—A lo mejor es porque llevo estudiándote toda mi vida —contestó con una sonrisa de labios sellados, mi preferida hasta el momento.

—No digas bobadas. Acabamos de conocernos, ¿recuerdas?

—¿Seguro? ¿Y no será que nos hemos conocido una y otra vez en los lugares equivocados y en los momentos inadecuados? ¿No será que nos hemos conocido pero no estábamos preparados el uno para el otro?

Personalmente, me consideraba siempre preparada para todo, pero a qué obcecarse en corregir un empeño tan genuino.

Entrelazó sus dedos entre los dedos de mis pies como si estrechase una mano amada.

—¿No será que hemos estado trabajando para perfeccionarnos con vistas a este encuentro?

—No sé —dije como una idiota, ya que de repente no podía dejar de pensar en los dedos de mis pies.

—Tienes razón —se desdijo con su extraordinaria precisión—. Las mujeres sois más completas que los hombres. Nacéis con un conocimiento perfecto. A los hombres nos entregan las llaves, pero las mujeres contenéis los tesoros. Para que los hombres lleguemos a ser hombres de verdad, primero debemos conquistar el lado femenino de nuestro carácter. Solo entonces cabe esperar que alcancemos vuestros tesoros. Los hombres deben trabajar mientras las mujeres aguardáis.

—Por ahí vas mejor encaminado —convine.

—Pero ¿cuántas mujeres pierden la esperanza? ¿Qué infinidad de mujeres no intenta hacer el trabajo que nos corresponde hacer a los hombres por nosotros mismos y acaba enterrando sus tesoros?

—Yo diría que la mayoría.

—Sin embargo, las pocas que no desesperáis, casos puntuales y aislados… —Apretó mi pie entre sus manos como si estuviera rezando, y se abstuvo galantemente de dar nombres—. Esas pocas supervivientes aguardáis, con una paciencia intachable.

—Alguna que otra vez me he impacientado —confesé.

—Ya será menos; de lo contrario, no serías la persona que veo ante mí, una mujer milagrosamente incólume.

Me tomaba a Roger demasiado en serio para entrar en su vida fingiendo ser algo que no era.

—Bueno, hasta ayer convivía con un hombre. Un director de cine francés. Lo he dejado yo.

—¿No me digas?

—Sí. Un director muy aclamado. Tenía todos los atributos de un hombre de verdad: riqueza, refinamiento, buena presencia.

No pude evitar preguntarme si la rata llorica de Claude me describiría alguna vez en términos tan generosos.

—Fue horrible. Me quería, o al menos él creía que me quería. Supongo que esos hombres que no han hecho sus deberes, como tú bien dices, son capaces de amar hasta cierto punto. Pero un amor tan tiránico…, no tengo palabras para explicártelo. Si salía a hacer la compra, se imaginaba que el tendero me perseguía por la calle jadeando. Si íbamos a ver un bodrio de película, pensaba que todos los espectadores me miraban a mí y no a la pantalla. ¿Por casualidad has visto una peli italiana sobre Jesucristo y los maricones de sus compinches?

Roger, con su atención descaradamente clavada en mí, dijo que no.

—Bah, da lo mismo. Ese dólar que te has ahorrado. Llegó un punto en el que mi novio se ponía celoso hasta de que hablase con otra mujer, figúrate. Esperaba que en los restaurantes me quedara a su lado como un pasmarote, como una esfinge. Acabó por arrastrar a una de esas mujeres a casa y, créeme, esa sí que era el típico tesoro enterrado. La arrastró a nuestro hogar, el mismo en el que yo cocinaba y limpiaba, para demostrar, primero, que a ella le gustaba él y no yo, cosa que dudo mucho, con llave o sin ella, y segundo, que más me valía poner toda mi atención en sus egoístas inclinaciones sexuales. ¡Dios santo, cuando pienso en sus parafilias! Empecé a sentirme más industria que mujer.

Roger estaba tan serio que temí que estuviera comparando su propia valía con la del garboso amante que acababa de describir por descuido. Pero ¿acaso esperaba que disimulara mi verdadera identidad para siempre? En cierto sentido no era capaz de imaginar a Roger en un restaurante, y menos aún detrás de un megáfono dando órdenes a estrellas. Tal vez con camisa y corbata, o con un jersey de cuello vuelto, pero no con aquel torso desnudo, casi lampiño y blanco reluciente. Obedeciendo a un impulso, apoyé la mano en el suave pecho de Roger y lo acaricié, como si pretendiera sacudirle el dolor.

Él agarró mi mano y la sostuvo apretándola contra él.

—Oh, me has tocado.

Quise tranquilizarlo diciéndole que había tocado cosas mucho peores, pero después de mis dolorosas confesiones habría sido un magro consuelo.

Lo que sí dije fue:

—Roger, te prometo que si Claude irrumpiera en la habitación en este preciso instante y se hincara de rodillas ante mí…

Pero fue una promesa que no tuve obligación de concluir. Hablando de coincidencias… Tan pronto como salieron de mi boca aquellas proféticas palabras, oímos unos golpecitos en la puerta.

—¿Quién demonios es? —Roger apartó mi mano de su pecho como si fuera un hierro al rojo.

—Será Libby, Roger. —La voz de Clarissa llegó desde el grupito de la tele—. ¿No te acuerdas de que la mandaste llamar, papi?

—Es verdad. Me había olvidado por completo de ella. Asegúrate de que es Libby antes de abrir, Clarissa. —Roger me apuntó con el dedo índice—. Tú, chitón. Ni una palabra, ¿me has oído? Eres albanesa. No hablas americano. ¿Entiendes?

—Claro que sí, Roger —dije calculando la penitencia que tendría que hacer por emplear un tono tan agresivo conmigo.

—Vale, que pasen. Quiero que estemos todos tranquis. Aaron, se acabaron los bongos. Quita el sonido, Henny Penny.

Pensándolo mejor, Roger sí que tenía madera de director de cine. Su toque final en la preparación de la escena fue poner en marcha el magnetófono.

# 10

A pesar de la sanción albanesa que se me había impuesto, qué gusto daba estar en el ajo. Clarissa hizo pasar a la habitación a una pareja. Estaban muy juntos, con las manos entrelazadas, como Hansel y Gretel frente a la bruja mala.

—*Hey* —los saludó Roger—. Ya temía que no llegarais. Henny Penny, acerca unas sillas.

Henny Penny se afanó parloteando alegremente a la vez que arrastraba dos sillas hasta la mesa.

—Hola, Libby. Roger y yo hemos venido a Nueva York expresamente para verte.

—Cristo bendito —dijo Libby—. Todavía lleváis a remolque a la doncella quemada esta.

Roger, ya sentado, se volvió y estiró la mano para coger la botella de vino que sostenía Henny Penny.

—A ver, Libby, no empecemos con mal pie. Esto es una reunión cordial.

Henny Penny, sin duda espoleada por la santa paciencia de Roger, balbuceó:

—Victor ha impuesto una norma nueva en el Instituto. Las chicas tienen prohibido hacer preguntas, ni siquiera cómo estás o qué te cuentas. Es dificilísimo no hacer preguntas, sobre todo cuando te castigan y quieres saber el motivo. —Soltó una risita—. Pero también es muy divertido. Victor dice que ni siquiera debemos pensar preguntas, y yo sigo la regla a rajatabla. Roger —añadió con cautela—, como Libby ya no está en el Instituto, ¿puedo hacerle una pregunta? Uy —se tapó la boca—, eso era una pregunta. ¿Ves lo que digo, Libby? Ay —chilló—. Otra vez.

—Vuélvete a la cama, Henny Penny, y estate calladita. No le hagas caso, Libby.

Sabe Dios de qué iba aquella monserga, si es que iba de algo. Roger, con su tacto exquisito, no hizo más alusión a lo que solo podía ser una vergüenza social.

—¿Cómo es que llegas tan tarde? Llevo aquí todo el día.

—He esperado hasta que Bryant ha vuelto a casa —explicó Libby con un hilo de voz.

—¿Cómo te va la vida, Bryant?

—Me he metido a taxista —respondió el chico con un encogimiento de hombros estrechos—. No me quejo.

Clarissa se acercó con disimulo a la mesa de reuniones y se sirvió una copa de vino.

—Gracias por darle a Roger nuestra dirección —dijo Libby con discreto rencor—. Nos ahorró la molestia de escribirle.

Clarissa alzó su copa en un brindis cálido.

—De nada. Sabía que te fastidiaría mucho que Roger pasara por la ciudad y no quedarais. Por eso cuando me llamó y me contó que se moría por verte, insistí en que celebrásemos aquí el gran recuentro.

Caer en la cuenta —con horror— de que estaba ocupando la propiedad de Clarissa fue como recibir un chute de suero del terror. La habitación no era de Roger, era de ella. Se me desencajó la mandíbula. La idea de llamar a la puerta de la arpía para pedirle una tacita de azúcar, o para una velada de tele compartida o, la posibilidad más remota de todas, para mantener un parlamento filosófico como el que había estado disfrutando con Roger era tan grotesca que me levanté con un brinco del desvencijado sillón reclinable y me derramé el vino amargo por los vaqueros blancos.

—¿Y esta quién es? —preguntó con grosería Libby dirigiendo hacia mí sus ojos de póster de asociación benéfica.

La pareja, ataviada con sendos petos conjuntados, cortados y desteñidos y sudaderas de Elvis Presley, ambos extremadamente enjutos, ensombrecidos y agotados, parecía recién salida de un anuncio de la agencia humanitaria CARE. «Dona —parecían estar gritando—. Ayuda». Eran el sueño hecho realidad de un recaudador de fondos.

Roger, muy galante, quiso protegerme.

—Bah, nadie, Libby. Una tía que vive en la habitación de enfrente. No habla ni una palabra de inglés.

—Seguro que sí —repuso Libby dirigiéndome la clásica mirada hostil que los casos de asistencia social dedican a una benefactora potencial.

Yo me negaba a contribuir con su causa:

—¡Soy una refugiada albanesa!

—Siéntate, imbécil —gritó Roger; dado que todos los presentes estaban sentados, no me quedó más remedio que interpretar que aquel vocativo increíble iba dirigido a mí.

—¿Una candidata nueva para el Instituto? ¿De dónde las sacas, Roger?

Clarissa, que persistía en su estomagante propensión a responder por Roger, metió cuchara:

—Esta lo ha encontrado a él, lo juro. Se precipitó sobre la puerta igual que un lemming.

No, dilecta vecina, reflexioné, el destino no nos tiene reservada una amistad.

Roger se recostó en la silla y cruzó las manos en el cogote.

—Tiene gracia, justo me estaba acordando del día que te presentaste en la puerta del Instituto suplicando que te admitiéramos. ¿Lo recuerdas, Libby? Estabas paranoica perdida. Amenazas de suicidio a tutiplén si Victor no te acogía. Cómo suplicabas. Cómo prometiste amar, honrar y obedecer. Eras guapísima. ¿Te acuerdas, Bryant? Y Victor, que nunca te ha fallado, que te ama, hizo un hueco para ti en su mesa. ¿O no fue así, Libby?

—Supongo que sí —dijo sin afán, y luego, con más energía—: Pero eso fue porque estaba loca.

—Victor era consciente. Todos lo éramos, con la posible excepción de Bryant, aquí presente, que solo ve lo que quiere ver. El Instituto no fue capaz de convertirte en un hombre, Bryant, pero no pasa nada. La sociedad necesita taxistas. Cuando un hombre tiene alma de lacayo, no hay lugar para él en el Instituto.

La pareja encajó el insulto en silencio. Solo Clarissa intervino, dejando escapar su risa socarrona:

—Mira que eres esnob, Roger.

—Así es. Victor me ha enseñado a poner un precio muy alto a mi tiempo y mis compañías.

—Victor —dijo Clarissa con desprecio—. Lo conocí cuando acababa de aterrizar en la ciudad, siempre deambulando de acá para allá, llevándole la funda de la guitarra a quien fuera. Por supuesto, eso fue antes de descubrir que era Dios.

Por fin Roger se hartó de la muy arpía.

—Cierra la boca, Clarissa. Ya sabemos todos que eres vieja.

—Pero Victor es Dios —protestó Henny Penny—. Una vez lo vi levitar. Jo, fue la bomba.

—¡Te he dicho que te estuvieras calladita!

De pronto tuve una visión del pobre Roger en una jaula atestada de hembras gruñonas. Hizo restallar el látigo contra Libby:

—¿Acaso Victor te dio la espalda por estar loca? ¿O te admitió en su corazón y en su familia?

—No fue así —protestó Libby echándose a llorar.

—¿Por qué no fue así?

—No lo sé. No entiendo a Victor. —Las palabras le salían entrecortadas—. No entiendo nada. Solo sé que a Victor le gusta rodearse de majaretas. Se le llena la boca hablando de amor, y nunca nadie se da cuenta de lo canalla que es. Es un canalla. Todo el que se junta con él acaba o enfermo o en el cementerio. ¿Por qué no se muere él? —berreó.

Después del arrebato, se adueñó de la habitación un silencio denso de esa variedad que provocaba que mi madre convaleciente afirmara que oía cómo se le bajaba la tensión.

—Me hiere tu ingratitud, nena. Te veo lo bastante recuperada para plantarme cara, y por eso me siento orgulloso de ti, aunque preferiría que les plantaras cara a tus enemigos y no a tus amigos. Tienes la cabeza en su sitio, tienes un hombre a tu lado, todo ello suministrado por el Instituto, a pesar de que el objetivo del Instituto no es actuar como un servicio de apareamiento, ¿y encima le deseas la muerte a Victor? Pues, si no fuera por Victor, la muerta serías tú, y no eres la única Libby en este mundo.

—No lo decía con esa intención —dijo con calma.

—Libby no lo decía con esa intención, Roger —se apresuró a añadir Bryant—. Es que está muy disgustada. Contrólate un poco, Libby.

Empezaba a hacerme una idea de la situación. Ella respondía al arquetipo de desamparada profesional. Una versión más pequeña y joven de las Rhoda-Reginas de este mundo, que se arrojan a tu merced y luego te aborrecen por cualquier ayuda que les prestes. ¿Por qué? Porque nunca puedes darles suficiente. «Más» es la única palabra que contienen sus diccionarios. Y cuando ya no hay más, cuando te han exprimido por completo, adivina a quién le endosan el papel de villano. Tuve ganas de acercarme corriendo a Roger y advertirle de que no malgastara sus palabras racionales con ella o acabaría creyendo que el loco era él. Estaba deseando hablarle de Rhoda-Regina y de cómo me había dado las gracias por todo lo que yo había hecho por ella. Por fortuna, detecté un poco más de acero en la voz queda de Roger:

—Te voy a dar una oportunidad para que le devuelvas a Victor todo lo bueno que ha hecho por ti, y espero que no la desaproveches, Libby. Victor está preocupado. Está preocupado porque una de sus Libbys se ha descarriado del rebaño. Cuando os dejó marchar a Bryant y a ti hizo una excepción, y

Victor habla a menudo de aquello, se hace muchas preguntas. ¿Hizo lo correcto? Convéncelo de que hizo lo correcto. Ayúdalo a encontrar a su niña perdida. Ayúdalo a encontrar a Heidi. ¿Dónde está?

—No lo sé —dijo Libby con un gemido.

Roger hizo como si no la hubiera oído.

—Victor está convencido de que tú sabes dónde está porque encontró una carta tuya que Heidi, contraviniendo todas las normas, logró recibir.

—Vaya —reaccionó Libby con flojedad.

Bryant se inmiscuyó:

—Díselo. Termina ya con esta mierda. Sabes muy bien que pueden jodernos la vida, ¿y todo para qué? Si Victor quiere a Hcidi, la tendrá. Díselo y vámonos de aquí de una puta vez.

—Por una vez y sin que sirva de precedente, Libby, Bryant tiene razón. Para Víctor no existen accidentes ni errores. Heidi dejó esa carta porque quiere que la encontremos. Necesita que la encontremos. Ella sabe que Victor la ama, y que es parte de él.

—No puedo delatarla —sollozó Libby—. La matará. ¿Qué quiere de ella? Victor no se siente atraído por Heidi. No folla con ella. No se siente atraído por nadie. Es todo una pantomima de pura egolatría.

Roger le tocó el brazo a Libby y ella tragó saliva con fuerza.

—No te corresponde a ti, Libby, meter las narices en los asuntos privados de Victor. La forma de amar de Victor es cosa de Victor. No vamos a hablar de eso. No volveremos a abordar ese asunto en nuestra conversación, ¿estamos? Victor piensa que Heidi se aturulló. A lo mejor tú la convenciste de que él no la amaba… Sea como sea, ha dejado clara su postura. Quería una prueba del amor de Victor. Quería que Victor fuera tras ella, y él está yendo tras ella. ¿Sabes lo que creo? —añadió Roger con tardía inspiración masculina, porque yo misma llevaba pensando lo mismo desde que habían nombrado a la tal Heidi—. Creo que te estás interponiendo entre ellos. Supongamos que Heidi consiguió colarte unas cuantas quejas. ¿Acaso no se quejan siempre las mujeres de su hombre? ¿No es así como se lo pasan bien? Total, que le comes el coco a Heidi con que se separe de Victor, y ella va y lo hace. Ahora estás obcecada en convertir una travesura pueril, un impulso estúpido, en una ruptura permanente. Mucho debió de fastidiarte, nena, que Victor prefiriese a Heidi y tú tuvieras que conformarte con este pringado. Nunca entenderé cómo las tías seguís montando este numerito unas a otras.

—Chorradas —dijo Libby, y añadió—: Heidi tiene el mismo derecho a vivir que Victor. La convirtió en un vegetal. Tú la veías. Estoy convencida de que la odia. La ha odiado desde siempre porque tenía alma, aunque estuviera majareta perdida. Era divertida. Por favor, Roger, no me pidas que la delate. No me lo perdonaría a mí misma. Mira, se me ocurre una idea. ¿Por qué no le dices a Victor que no has dado conmigo? Y te llevas a esta —dijo señalándome—. Dale una nueva pupila a la que ablandar, a la que disciplinar. Es mayor que Heidi, pero no creo que a Victor le importen esos detalles. Roger, por favor.

—No, es demasiado vieja y gorda.

Si aquella calumnia hubiera venido de otra fuente distinta de Henny Penny, le habría clavado una daga albanesa en el corazón.

Con aquella escandalosa sugerencia, Libby perdió a Roger y se cargó toda la partida. No había tenido en cuenta que su numerito de John Alden tenía un límite. Y el límite era yo.

Dada su obsesiva incapacidad para conceder a otras mujeres el más ínfimo grado de importancia —refiriéndose a nosotras como vegetales, siendo la mayor forma de adulación que fuéramos «divertidas»—, se había negado a percatarse del bien disimulado enamoramiento de Roger por mí y, con aquella metedura de pata espectacular solo había conseguido ponerse a Roger en contra.

Este, tenso y ofendido, deslizó una hoja de papel en blanco hacia el otro extremo de la mesa.

—Te lo voy a poner fácil, Libby. Hay cosas que cuesta decirlas y es más fácil ponerlas por escrito. Y me tomaré la carta que le mandaste a Heidi como una muestra de tu manera de actuar. Escribe ahí su dirección, rapidito.

Libby, incapaz de reconocer su derrota, se quedó inmóvil frente al papel. Fue Bryant el que por fin se hartó de su tozudez. Cogió la hoja y garabateó algo a toda velocidad.

—Vámonos —le dijo a Libby, y los dos se pusieron de pie.

Roger, aún sentado, leyó.

—Montreal. —Soltó un silbido—. Por supuesto, se ha acoplado con Leon.

—Jamás conseguirás que vuelva, jamás. El padre de Leon es un pez gordo, senador, gobernador o algo así. Protegerá a Heidi.

—Eso no es problema tuyo; has hecho lo que estaba en tu mano, y Victor sabrá apreciarlo.

Los acompañó hasta la puerta empeñado en hacer gala de su excepcional carácter proclive al borrón y cuenta nueva, tan afín al mío.

Colocándose entre los dos, les echó los brazos sobre los hombros con cordialidad.

—Recordad que Victor os ama, a los dos, y que cuando queráis volver al Instituto siempre habrá un hueco en su mesa para vosotros.

Libby trasteó con los cerrojos y consiguió abrir la puerta.

—Os odio a todos —gritó dándonos la espalda.

Pero yo no le prestaba la más mínima atención. Estaba calculando el poquísimo espacio que ocuparía una albanesa como yo en la mesa de Victor.

Roger atrancó de nuevo la puerta y se dirigió al centro de la habitación dando vueltas sobre sí mismo.

—Montreal. —Dejó escapar una carcajada—. De Montreal ¡al mundo!

—No sé cómo has conseguido asustarla lo suficiente para que te facilitase la información —intervino Clarissa con su voz monocorde.

Ahora entendía, con una terrible punzada en el corazón, por qué Roger toleraba su presencia. Agarró a su anfitriona y la hizo girar.

—Es porque somos poderosos, amor mío. —Tocó un tamtam tarzanesco contra su torso desnudo—. Somos poderosos. Victor le va a dar la paliza de su vida a Leon —dijo con deleite—. Tenemos allí a su hermana pequeña, paranoica pero ilesa. Está en pleno viaje a lo María Magdalena. Su idea de salvación consiste en lavar los pies de Victor. —Se frotó las manos—. ¿Será muy tarde para llamarlo?

—Antes no dormía nunca —dijo Clarissa.

—Ya, pero se dedica a otros asuntos. Mejor espero a mañana.

—¿Nos vamos a Montreal? —preguntó Henny Penny.

—Eso son muchas horas de coche, tío —intervino el músico.

—No será para tanto. Haré parada. Dejaré a Henny Penny en el Instituto y reclutaré tropas adicionales, si Victor opina que habrá que recurrir a la fuerza.

—Pero yo quiero ir contigo a Montreal —protestó Henny Penny, y por un segundo atroz me pareció que mis propias palabras habían salido por su boca de marioneta.

Sentí la horrible premonición de que Roger se marcharía de mi vida sin saber nunca lo que significaba para mí. Sufrí la presión cruel del tiempo colisionando con mi timidez absurda. ¿Cuándo me liberaría de mis restrictivos remilgos? Si al menos pudiera ser una Rhoda-Regina o una Maxine durante un rato, expresar mis necesidades, remacharlas, no dejar títere con cabeza si era menester. Pero no. Mi educación se regía por un puñado de leyes ineludibles, y la número uno en la lista de prohibiciones era expresar sentimientos de apego o afecto demasiado pronto. El hombre debía saborear la ilusión de la persecución fructífera. Por amarga experiencia, sabía que las mujeres eran maestras de una sutil forma de estímulo. No sé cómo, pero se las arreglaban para capturar al cazador patoso a la vez que creaban la impresión meridianamente contraria. Este conocimiento me lo había ocultado mi madre con astucia. En verdad, yo cargaba con la cruz de una mentalidad masculina. El cuerpo me pedía agarrar a Roger, subirlo a mi caballo y dejarme secuestrar. Estaba agotada. Era demasiado tarde para empezar a aprender artimañas femeninas. No sabía cómo invertir los papeles que —estoy segura— la naturaleza deseaba que invirtiéramos. Yo y mis pasiones inescrutables. Necesitaba que un hombre se descerrajara un tiro para poder reconocer que existía. Me agarré la cabeza con las dos manos para mantenerla firme.

Roger se me acercó ejecutando unos pasos de vals.

—¿Te han dicho alguna vez que se te da fenomenal hacer de albanesa?

—No.

—¿Qué te pasa? ¿Por qué te agarras así la cabeza? ¿Te encuentras mal otra vez?

Se inclinó por encima de mí y me acarició la coronilla desencadenando un chaparrón de escalofríos que me llovió por el cuello y la espalda. A punto estuve de gritarle: «Roger, tú ganas», pero no, tenía que marcarme un Doris Day y aparté su mano.

—Oye —dijo Roger agachándose hasta el reposabrazos del sillón reclinable—. ¿Estás mosqueada conmigo?

—Me has llamado imbécil —dije como una imbécil.

No fue capaz de mantener el equilibrio en el precario reposabrazos basculante, se sentó en el suelo frente a mí y apoyó la cabeza en mis rodillas. Habría agradecido unos mechones más por los que pasar los dedos. Para variar, la vida me regalaba una escena imposible de interpretar.

—Ay, nena, lo siento. No seas tan paranoica. Yo solo quería ventilar cuanto antes el asunto de Heidi. ¿Sabes que te quiero?

Qué fácil es para un hombre expresar su opinión. Si yo le contestara que también lo quería, seguramente le daría un ataque. ¿Cómo responder a Roger sin poner en riesgo su salud? Nunca había tenido la mente más en blanco. Nada. Ni un destello, ni un rastro de pensamiento. El vacío. Odio esa sensación de que saltan todos los fusibles; allí estaba Roger, a mis pies, anhelando sintonía.

Casi recibí con entusiasmo la desconsiderada intromisión de Clarissa. Oí cómo giraba el dial de los canales.

—Mierda —dijo—. Solo una intrépida June Allyson. —Y a continuación, riendo—: Madre mía, Henny Penny otra vez está dale que te pego.

—No la incordies —le aconsejó Roger—. La ayudará a dormir.

—A mí a dormir no me está ayudando, desde luego —dijo el músico.

Sentí, no sé explicar por qué, que él era mi única alma gemela de la habitación.

—Déjala en paz, Clarissa. Anda, ven aquí, so bruja.

Se oyeron bisbiseos y gruñidos en el rincón de la tele y luego murmullos. Me pregunté si Clarissa estaría insinuándome que me fuera. El verbo «irse» parecía impregnar el ambiente. Roger se iba. Se disponía a sacrificar nuestra relación incipiente y marcharse a Montreal en busca de una mocosa malcriada que estaba enfurruñada. Nadie cruzaba fronteras para rescatarme a mí, para entregarme a los brazos de un amante angustiado.

—Envidio a Heidi —dije. Trataba de transmitir mundos enteros con aquella sencilla confesión.

—¿Y eso? —Roger disimuló su deleite bajo una máscara de sorpresa.

—Es una chica con suerte.

—¿Por qué?

—Porque ha conseguido que adivines el juego de Libby, y que perseveres, y que vayas en su busca. No creo que haya nada más importante que sentirse añorada, deseada. Victor también tiene suerte de contar con un amigo como tú. La mayoría de la gente no quiere ni oír hablar de los problemas de los demás, mucho menos hacer algo para ponerles remedio. Pero yo soy igual que tú. Te lo juro. Los apuros de mis amigos se vuelven tan importantes como los míos, qué digo, más importantes. Solo quería que supieras —añadí— que admiro lo que estás haciendo.

—Qué bonito. —Me abrazó las rodillas—. No abundan las mujeres tan comprensivas como tú.

—Ya, ya lo sé. Personalmente no he conocido a ninguna. Estoy pensando en mi supuesta amiga Rhoda-Regina, un desastre, una calamidad. Volví de París expresamente a raíz de un pálpito que tuve: debía ayudarla. He vivido casi toda mi vida en París —agregué.

Me vi en la obligación de exagerar un pelín porque nos quedaba muy poco tiempo y si me dedicaba a revelarme por tramos de cinco años no acabaríamos nunca.

—Espero que nunca tengas motivos para arrepentirte, Roger. Espero que Víctor no se vuelva contra ti, como mi amiga se volvió contra mí. Aunque Victor parece una persona excepcional, no como Rhoda-Regina, que no es en absoluto excepcional, salvo por ser excepcionalmente corpulenta y excepcionalmente rácana. He observado con frecuencia que las personas muy corpulentas, gordas, vamos, quieren acapararlo todo.

Me horrorizaba estar desperdiciando los escasos momentos juntos que nos quedaban en un análisis de Rhoda-Regina. Había tantas cosas que necesitaba saber sobre Roger, el Instituto y Victor... Puse la mano sobre su hombro desnudo y reluciente.

Él levantó la vista y me miró con indisimulada admiración.

—Debe de ser muy duro para una mujer excepcional como tú vivir en este mundo de cerebros tarados. Sabe Dios —añadió pensativo— en qué manicomio o en qué prisión estaría yo ahora mismo si no hubiese conocido a Victor.

—Por cómo habláis de él, parece un tipo fabuloso. —Rocé la piel de Roger con las yemas de los dedos.

—Mataría por él —respondió con fervor—. Victor me salvó la vida.

—¿Es rico? ¿Cómo consigue alimentar todas las bocas que invita a su mesa? Lo digo porque cuando Rhoda-Regina te invita a su mesa, que viene a ser nunca, se sobrentiende que tienes que llevar tú un saco de patatas.

—Se las arregla —dijo con vaguedad—. Victor es un genio, un hombre medicina. Victor tiene poderes. Necesite lo que necesite, lo consigue. Victor está en contacto.

—Comprendo —contesté. Desde luego, habría agradecido una respuesta menos analítica—. ¿Y cuida de todo el mundo con sus poderes?

—Por supuesto. Victor es el espíritu del Instituto. Nuestro maestro. Ponemos en común todas nuestras posesiones, incluido el conocimiento. Establecemos un apoyo mutuo con el fin de desarrollar al máximo nuestro potencial humano.

Por mucho que respetara los elevados conceptos de Roger, quería estar absolutamente segura de que hablábamos el mismo idioma.

—¿Significa eso que en el Instituto nadie tiene que trabajar?

—¿Estás de coña? ¿Crees que la autorrealización no es trabajo? Somos una escuela. Cada minuto de nuestros días está consagrado a expandir el autoconocimiento y alcanzar un estado supremo de consciencia.

—Trabajar para vivir, digo.

—Vivir es nuestro trabajo. Nos estudiamos a nosotros mismos, nos estudiamos mutuamente, cuestionamos todos y cada uno de nuestros movimientos, grabamos y memorizamos todas las interacciones con vistas a huir del pasado y vivir plenamente el momento inmediato.

—Comprendo. Qué interesante. ¿Y ese durísimo trabajo lo lleváis a cabo en una vieja granja destartalada?

—Para nada —replicó remiso—. El año pasado adquirimos un motel… Oye. —Rio nervioso ante mis habilidosas manitas.

—Magnífico —exclamé emocionada de disponer de una descripción más concreta del Instituto—. Me chiflan los moteles, con sus televisores a color y prácticamente todo lo que una persona necesita construido en torno a la cama. ¿Dónde es?

—No más preguntas, nena, eres una chica mala que me hace hablar de más. Me gusta conversar contigo, eres un alma gemela —dijo en vano—. Pero Victor tiene una norma, no nos está permitido hablar del Instituto con extraños.

—Pero dime dónde está —insistí.

—Calma, nena, no levantes la voz. No querrás despertar a todo el hotel. Está en Vermont —reconoció—. Y ya vale de hablar de mí. Vamos a centrarnos un poco en ti.

—¡Vermont! Qué coincidencia. Es mi estado favorito del país. Lo vi en una de Hitchcock. Dios, qué paisajes majestuosos, robaban todo el protagonismo. La peli iba de un inútil que está enterrado en un bosque y Shirley MacLaine, la mujer, lo anda buscando y no para de patearse los bosques, y lo único que se ve del fiambre son los pies asomando entre una vegetación espléndida. La acción sucede en otoño, que empieza dentro de un par de semanas, fíjate qué casualidad. Vermont estará en su apogeo, espléndido. Apuesto a que sería capaz de dejar de fumar en un lugar como Vermont. Aquí en cambio me figuro que cuanto menos respires, más a salvo estás. Y el Instituto, en mi estado preferido. Qué suerte, qué suerte la de Heidi, que no la lleven de vuelta a una cochiquera como la calle Veintitrés. Yo misma me iría para allá de cabeza si me propusieran marcharme de esta casa de locos y satisfacer mi amor por la naturaleza.

—Chsss —dijo Roger—. Que la gente intenta dormir. Vente aquí al suelo conmigo, nena, que podamos hablar sin molestar a nadie.

—¿Al suelo?

—Anda. —Me tiró de las piernas—. Te relajará estirar el cuerpo.

La actividad en la cama de Clarissa tenía exactamente el mismo ritmo que el de mi sangre latiendo en mis oídos.

—Estoy relajadísima, ahora que he dominado este caballito balancín. — Me reí.

Roger insistió con los tirones.

—Órdenes del doctor. —Dio unas palmaditas en el suelo—. Túmbate aquí.

No se me ocurría ninguna objeción que Roger no interpretara como un insulto personal, de modo que me escurrí de la silla y me senté a su lado. Pero él no se quedaba contento con eso.

—No no. Túmbate. Llevas toda la noche sentada.

—Créeme, estoy acostumbrada. Ni mi padre ni mi madre, fallecidos ya los dos, dormían jamás. Sobre todo mi madre. Ofrecía una gran recompensa a quien la pillase durmiendo y, si la memoria no me falla, nunca nadie se la cobró.

—Relájate, anda.

Me estiré con los ojos abiertos y me descubrí en un universo nuevo de patas de mesas y bases de camas; había desperdigados por el suelo discos, revistas, bolsas vacías, zapatos y ropa interior.

—Eso está mejor.

Roger se sentó a mi lado con las piernas cruzadas, los pies descalzos apoyados en los muslos. Vislumbré las plantas negras mientras él jugueteaba despacio con los dedos de sus propios pies.

—Mi dulce nena —dijo—, toda la noche sentada como una niña obediente y sin quejarse ni una sola vez. ¿Te sientes bien así? ¿Estás cómoda?

—Sí, Roger —respondí, y los ojos se me llenaron de lágrimas.

Hablar me resultaba demasiado extraño porque oía las palabras vibrando en mi nuca apoyada en el suelo. Lo cierto es que el cuerpo me dolía como si me lo estuvieran descoyuntando en un potro de tortura medieval. Roger apoyó toda la palma de la mano en mi plexo solar y apretó.

Solté un jadeo de dolor porque había conseguido dar con el punto más perjudicado. Todas las molestias en los brazos, las piernas y el corazón parecían irradiar desde ese punto en concreto.

—Mi nena valiente, pobre —murmuró Roger—, ¿cómo puedes respirar con ese nudo bloqueándote el pecho? Es terrible, nena, estás viva de milagro. ¿Qué puedo hacer por ti? Tengo tan poco tiempo… Maldita sea. —Parecía sinceramente disgustado—. Sabía que estabas pasando por un mal momento, pero esto es mortal. Date la vuelta —dijo con la misma voz abatida—. Deja que te mire la espalda.

Ni se me pasó por la cabeza protestar. Roger me colocó los brazos y las manos de tal modo que formasen un cojín bajo mi cara. Apretó un área entre las escápulas directamente conectada con la zona catastrófica que había localizado en mi pecho y solté un grito.

—Esto pinta muy mal, nena. Prácticamente estás paralítica. —Algo decisivo le ocurrió a su voz—. No puedo permitirlo. No te puedo dejar en este estado. He de hacer algo, aunque sea provisional. No será mucho, pero te aliviará hasta que podamos curarte del todo.

Me pasó los dedos por toda la columna y con cada etapa del trayecto fue desencadenando fogonazos eléctricos que sondeaban mi cuerpo en busca de enclaves de dolor ocultos. Sus dedos llegaron a la cinturilla de mis vaqueros y se detuvieron.

—Vuélvete despacito, no te castigues más de lo estrictamente necesario. Así —dijo ayudándome a ponerme bocarriba—. Quítate la camiseta.

—¿Cómo?

Casi no me miraba.

—No veo lo que hago si estás embutida en toda esta ropa.

—¿Me estás pidiendo que me desnude?

—Es exactamente lo que te estoy pidiendo.

—Pero… no estamos solos —solté aunque no era en absoluto lo que pretendía decir. Me refería a que oía a Clarissa y al músico espoleándose mutuamente con esfuerzos más y más entregados, y a que sus rápidos jadeos empezaban a confundirse con mi respiración; y, aunque confiaba en Roger y sabía que quería ponerse a mi servicio, temblaba de puro desconcierto.

—Por supuesto que estamos solos. Cada vez que estemos juntos, siempre estaremos solos.

Frotó el punto que me había sumido en una intensa agonía y milagrosamente sentí que el dolor desaparecía y en su lugar un estanque en expansión empezaba a llenarse de una calidez reconfortante.

—Ah, Roger, qué bien.

—Me alegro de no haber llegado demasiado tarde. Has sido maltratada y desatendida, niña querida, pero creo que papi podrá hacer algo.

—¿Y papi no podría hacerlo por encima de la ropa? Lo digo porque así tal cual ya me sienta de maravilla.

Cómo trascender el deseo de Roger de sanarme y transmitirle que, aunque valoraba mucho lo que hacía, no estábamos solos. No éramos más que dos personas en un mundo repleto de degenerados.

Levantó una mano y de mi cuerpo estremecido salió un fuerte sollozo.

—No puedo reprocharte nada. Una chica encantadora como tú debe de haber visto vulnerada su confianza tan a menudo que al final ya no te atreves a confiar en ningún hombre. Te pido perdón. No tenía derecho a esperar que me vieras de otro modo. Por eso desprecio a esos maricones que disfrazan su odio de concupiscencia y fuerzan a chicas dulces como tú a cerrarse en banda como única manera de autodefensa. Recibimos constantemente a esas víctimas en el Instituto. Chicas que han sido tan agraviadas, tan traicionadas que no podemos hacer nada para acceder a ellas. No hay esperanza. Están perdidas. Esos son los casos que más cuesta despachar, porque conozco el infierno al que las mandamos de vuelta. Pobres criaturas, pobres criaturas descarriadas. —Me acarició el pelo.

—Si me quito la ropa, ¿me prometes que podré volver a vestirme cuando yo quiera? —traté de negociar—. ¿No te ofenderás ni te enfadarás?

—Cielo, no debes hacer nada con lo que no te sientas completamente cómoda. Yo quiero que te relajes, nena, estás en un punto límite. No fuerces nada.

Casi me había olvidado de Clarissa y del músico, hasta que los oí gemir el nombre del otro, una y otra vez, y entonces se hizo en la habitación un silencio maravilloso y seguro. Roger, con su tacto sublime, se alejó un momento. Gracias a Dios. Mi sujetador estaba como si lo hubiera usado para limpiar mesas y mis bragas eran inexistentes. Hice un montón a mi lado con todo y guardé el sujetador en un bolsillo. Roger regresó a nuestro círculo de luz roja y se acomodó en su posición de yogui. Tal y como mi naturaleza confiada había anticipado, estaba completamente vestido. Me ofreció una bolsa de Pepperidge Farm y esbozó su sonrisa encantadora y echada a perder.

—¿Te gustan las galletas con pepitas de chocolate?

—Claro. —Cogí varias sin entender por qué me había puesto tan nerviosa—. Están exquisitas. —Descubrí que estaba hambrienta.

Roger encendió un porro y aspiró con ganas.

—¿Me prometes no ponerte tensa si te digo una cosa?

Me tendió el canuto y yo lo acepté, aunque tragué una cantidad mínima de humo.

—¿El qué?

—Tienes un cuerpo extremadamente hermoso. Un cuerpo de mujer madura de la cabeza a los pies. Eres un deleite para la vista, amor mío.

No me quedaba muy claro si era el reflejo de la luz o si Roger se había ruborizado. Me quitó unas migas del pecho y dijo con voz densa:

—Ahora quiero que te tumbes bocarriba, cierres los ojos y te pongas a repasar tus pensamientos favoritos. Los que te ayudan a conciliar el sueño.

Hice lo que me pedía y agradecí cerrar los ojos para que Roger no pudiera leerme los pensamientos, que eran nada menos que un guion pornográfico protagonizado por mí en mi posición actual y rodeada de un amplio elenco de hombres desnudos con las intenciones más obscenas. En mi producción privada tenía los ojos vendados y probablemente estaba maniatada, además de ser una cautiva indefensa; sus deseos eran órdenes para mí y ninguno de ellos parecía tenerme el más mínimo respeto. Nada que ver con el trato amable y atento de Roger. Me pasó los dedos por la piel con cuidado, sin apenas rozarme, pero me estremecí y sentí que se me ponía la piel de gallina, como si me hubiesen salido ronchas por todo el cuerpo.

—Mi niña preciosa. Permíteme que haga una observación personal más, y luego, a trabajar.

Lo permití.

—Tienes una piel increíble, una piel inusual. Tan suave y tan iridiscente bajo esta luz. Perdóname si te parezco un atontado —rio con nerviosismo—, pero es que me recuerda a las pieles que pintaban los maestros antiguos. Esos ángeles que parecen iluminados desde dentro. Mi ángel voluptuoso —musitó con apuro—. Vale, ya está bien de decir obviedades que tú ya sabes. Vamos a ponernos serios. —Me agarró las manos y las colocó una sobre cada pecho—. Ahora relájate —me ordenó.

Noté que sus manos hacían movimientos circulares sobre mi vientre, no con suavidad, sino con una hondura que tocaba y delineaba mis intestinos, y que provocó un efecto la mar de alarmante, como de apertura y despliegue de la musculatura que mantenía mi cuerpo herméticamente sellado, y me apreté más los pechos como si así fuese a evitar que se me derramaran las tripas.

Roger, con su asombrosa perspicacia, presintió mi pánico.

—Relájate, ángel mío. No tengas miedo. No va a ocurrir. No voy a permitir que pierdas el control de tu dulce cuerpo. Ese miedo a que se te salgan las entrañas es solo tu sangre alimentando tus nervios famélicos ahí dentro. —Desplazó la mano pelvis abajo—. ¿Notas cómo la sangre palpita en las ingles?

—Sí, Roger.

—Abre las piernas, ángel mío, no demasiado, lo suficiente para que no entorpezcan la circulación. —Me separó las piernas con mucho cuidado. Sus dedos se concentraron en la cara interna de mis muslos, muy arriba—. Eres fabulosa, ángel mío. Tenemos chicas en el Instituto incapaces de dejar que su pelvis cobre vida. ¿Notas cómo te suben por el cuerpo unos torrentes cálidos?

—Sí, Roger. Oye, Roger.

—Dime, ángel mío.

—Me llamo Harriet.

—Harriet —repitió.

Experimenté el raro placer de disfrutar de la sonoridad de mi nombre.

—Roger.

—¿Qué, Harriet?

—¿Cuándo vas a volver a por mí? —Era la pregunta más natural del mundo estando allí tumbada y con los ojos muy cerrados.

Debió de ser un gran alivio para él oír por fin aquellas palabras a las que no podía contestar. Me apretó los muslos con más fuerza.

Me olvidé de esperar la respuesta porque de pronto me aterrorizó la idea de que aquellos torrentes que acababa de mencionar fueran a desbordarse derramando oleadas de fluidos calientes sobre sus manos atareadas. Jadeé para contener el aluvión.

—Bien —dijo él—, perfecto. No doy crédito a lo ágiles, a lo plenas que son tus reacciones. Nena, tú has nacido para dar placer. Pon atención. Quiero enseñarte unas pocas técnicas sencillas que puedes poner en práctica sola, hasta que yo vuelva. Tienes que aprender a escuchar a tu cuerpo y, para lograrlo, tienes que aprender a ponerlo a tono. Ahora vas a agarrarte los pezones con tres dedos y, con mucho cuidado, muy despacito, los vas a retorcer igual que retorcerías los pétalos de un capullo.

Estaba muy abochornada, no tanto por Roger, en quien yo confiaba, como por mis caballeros desnudos, que se agolpaban para ver mejor. Roger malinterpretó mis reticencias.

—¿Prefieres que te enseñe yo cómo se hace?

—No. Lo he entendido, te lo prometo, y haré ese ejercicio a solas, todos los días, mientras espero a que vengas a por mí.

—De eso nada, Harriet, quiero explicarte los beneficios que ejerce sobre el resto de tu sistema nervioso, y para eso tienes que hacerlo aquí y ahora, mientras yo te observo.

Traté de acatar la orden con manos trémulas.

—Mi nena maravillosa y libre.

Trasladó las manos a mis caderas, encajándolas por debajo, y con un movimiento circular masajeó unos músculos cuya existencia yo desconocía. A esas alturas ya no estaba en condiciones de distinguir si me estaba haciendo daño.

—Ahhh —dije.

—No me lo puedo creer, Harriet. Eres absolutamente perfecta. Esos pezones orgullosos que se yerguen como si se dispusieran a alimentar al mundo entero. Pezones de diosa. —Dejó escapar una risa sin estridencia—. Desde siempre, desde pequeño, he pensado que la manzana que Eva le entregó a Adán era su teta exquisita, no más exquisita que la tuya, mi amor, y que una vez que él probó su fruto se volvió insaciable, lo embrujó. Nunca le parecía suficiente. Y yo me pregunto: ¿qué hombre podría saciarse de ti? No dejes que me vaya por las ramas —agregó con severidad, más para sí mismo que para mí—. Y ahora dime, nena, ¿sientes cómo se hincha todo tu pecho?

—Sí.

—¿Un rubor en las mejillas?

—Sí.

—¿Sientes como si tus dedos estuviesen dentro de tu cuerpo, dentro de tu dulce coño?

—Sí —dije en un susurro.

—Fantástico. Y recuerda, los pezones estimulan y reactivan íntegramente el sistema nervioso, de la cabeza a los pies. Es fundamental para tu salud que mantengas activas esas vías nerviosas. Permíteme que te enseñe.

Me cogió la mano y la puso con delicadeza sobre mi vello púbico húmedo. En mi concentración, se me había olvidado que Roger estaba observándome sin filtros, y la conciencia de estar desnuda me puso rígida.

Él mantuvo su mano sobre la mía e ignoró con parsimonia mi actitud mojigata. Apretó un dedo contra mi cuerpo húmedo.

—Mantén el ritmo con el pezón izquierdo —me indicó—. Y ahora, Harriet, quiero que observes cómo tu cuerpo se transforma en una masa de sensaciones indiferenciadas. Él ya no sabe en qué punto se encuentran tus dedos. Empieza a liberarse de su sanguinaria fragmentación. Se transforma en una unidad, en una sencilla y palpitante propagación de percepciones. Sigue, juega con él, despístalo, dale un poco de amor. Qué satisfactorio es ver cómo te haces feliz a ti misma, mi chica preciosa, valiente y libre.

—No debo —gemí. Tenía el corazón acelerado y me preocupaba que estuviera ocurriendo bastante más de lo que Roger tenía en cuenta.

—Claro que sí. Escucha a tu cuerpo. Trátalo con amabilidad. Merece cuidados y amor. Te está exigiendo amor. Abre los ojos, mírame, nena; deja que yo vea lo feliz que te estás haciendo, por favor.

Me obligué a abrir los ojos y vi la cara pálida de Roger resplandeciente por encima de mí. Estaba sentado y parecía una estatua distante y sonriente, con las manos apoyadas en las rodillas. Tenía los ojos inyectados en sangre y advertí que unas escamas blancas le moteaban los bordes y un cansancio profundo le ahondaba las facciones. No se movió, pero tampoco apartaba sus ojos de los míos.

—No pares —dijo la estatua.

Pero yo ya había dejado atrás el punto en que aún era posible parar. Mi dedo, frenético dentro de mí, tenía la persistencia independiente de una máquina unida a mi cuerpo.

—Dime que eres feliz. Cuéntame lo feliz que eres. Dime que eres feliz —salmodiaba una y otra vez.

—Sí sí sí sí sí sí.

Tuve miedo de que los espasmos me poseyeran para siempre y, cuando empezaron a remitir y a atenuarse, cerré los ojos e intenté provocarme al menos uno más. Después ya no pude abrir los ojos. Un sopor plomizo e irresistible los mantenía cerrados.

Oí que Clarissa preguntaba:

—¿Lo has grabado todo?

—Cállate, Clarissa.

—Buen material para que Victor se corra. Ahhh —bostezó—. Buenas noches, genio.

Me incorporé y planté cara a Roger.

—¿Lo has grabado? —dije, a duras penas capaz de pronunciar y hasta de creer mis propias palabras.

—Por el amor de Dios, ¿no estabas dormida?

—Lo has grabado —repetí con los ojos arrasados de lágrimas.

Fue como salir de un trance y encontrarme en pelota viva al lado de un completo desconocido. Mi cabeza empezó a temblar. Tenía la piel pegajosa y fría. Me estremecí. El fresco del aire acondicionado me caló hasta los huesos y estiré un brazo para agarrar el fardo de ropa. Me pasé la camiseta por la cabeza y forcé frenéticamente las piernas sudorosas para embutirlas en las perneras de los vaqueros blancos.

—Tranquila —dijo Roger—. Tranquila, nena. Estás desvariando. Estás desbaratando todos los beneficios de haber destensado tu cuerpo. Deja de hacerte polvo, Harriet.

—Ojalá pudiera hacer polvo la cinta esa —grité— y olvidarme de que te he conocido. Me has drogado. Lo tenías todo planeado. Sé que os estáis burlando todos de mí, tú y tu hatajo de degenerados, así que corta ya ese rollo de preocuparte por mis tensiones.

No era capaz de mirar a Roger. Lo único que podía pensar o ver era el recogimiento de mi celda solitaria. Me juré a mí misma que nunca más volvería a abandonarla.

Roger me agarró la mano. Yo sabía que estaba fría, pero no me había dado cuenta de lo congelada que estaba hasta que percibí la calidez de su contacto seco. Tiró de mí para arrimarme a su cuerpo.

—Estás como un témpano. A ver, escúchame. Quiero que me escuches. Puedes concederme un minuto de tu tiempo y confianza. Sé la mujer preciosa, delicada y abierta que eres. Has llegado como un ángel. Lo has sacado todo, con fluidez y plenitud. Estoy orgulloso de ti, nena.

—Pues yo no —gimoteé.

—Permíteme que lo ponga para que lo escuches, tesoro. Para que oigas lo preciosa que eres.

—No —grité tapándome los oídos en un gesto de autodefensa.

—Escúchalo solo una vez, hazlo por mí —regateó insistente.

—¡Jamás! —chillé. Oí la risa socarrona y mezquina de Clarissa—. Cómo has podido —gimoteé—. Creía que te gustaba.

—¿Cómo he podido qué? —Se empeñaba en su paripé de perplejidad.

—Me has engañado —grité—. Lo tenías todo previsto. No lo soporto. Nunca he hecho nada así, jamás en la vida. Deberías estar entre rejas. Violador. Pervertido.

Quise golpear con mis puños su torso suave y lampiño.

—Ya vale de escándalos, Harriet. ¿De qué va este numerito que estás armando? Te metes en mi habitación por narices, te me pegas como una lapa, jadeándome en el cuello, fisgoneando en busca de un poco de acción, te lo pasas bomba, y de buenas a primeras te pones a dar voces como si yo fuera un asesino. ¿A qué estás jugando, nena?

—No ha sido así —protesté echándome a llorar. Se cernió sobre mis pensamientos la sombra de Libby—. Ay, Dios —me oí gemir.

—¿Así es como te excitas tú, a base de arrepentimiento y culpabilidad? ¿Qué demonios significa esta escenita de remordimientos? —quiso saber Roger—. Explícamelo para que entienda tu tragedia.

—Sabes muy bien lo que has hecho, so cerdo.

La voz de Roger adoptó un leve tinte amenazador:

—A mí nadie me llama cerdo. Recuérdalo de cara al futuro. Y, ya que estamos, procura acordarte de que nadie te ha obligado a nada. Te morías por hacerlo. ¿A eso se debe el ataque de histeria? ¿A que crees que tu mamaíta desaprobaría la actitud de la calentorra de su hija? ¿A la pequeña virgen no le daban permiso para que se pajeara debajo de las sábanas?

—No digas esas cosas. —Me tapé de nuevo los oídos—. Yo no he hecho nada. Ha ocurrido sin más.

—Ya lo pillo —insistió Roger—. Ese es el cuento que te montas. Tú estás en tu habitación, a tu aire, y las cosas ocurren sin más. Ni siquiera estás ahí cuando ocurren. Guau —dijo negando otra vez con la cabeza—, me has cautivado con tu interpretación. Felicidades. Hacía mucho tiempo, muchas lunas, que una tía no conseguía meterme en su película.

—¿De qué estás hablando? —chillé mientras la confusión transformaba mi cerebro en una neblina caldosa—. ¿Qué tiene que ver toda esa milonga con que me hayas puesto en ridículo?

—El caldo me rezumaba por los ojos—. Con que me hayas engatusado para que diera un espectáculo con tal de proporcionarles un rato de entretenimiento a tus compinches y a un flipado llamado Victor.

—¿Todo este jaleo ridículo es por la cinta, por esa obra maestra de lo erótico? —Se echó a reír—. Porque tengo cintas de audio y de vídeo de Henny Penny dándose gusto que dejan lo tuyo a la altura de un ensayo de coro.

—Henny Penny no es precisamente mi ideal de perfección femenina —grité.

—¿Cómo? —intervino una voz amodorrada.

—Duérmete —le dijo Roger—. Henny Penny es preciosa —me informó—. Nada se interpone entre ella y su gratificación. Podrías aprender mucho de ella. Está en contacto absoluto consigo misma, y no en un absurdo país de nunca jamás donde las cosas ocurren sin más. Ella asume el mando de sus acciones, y extrae placer, un placer pleno e ininterrumpido de sus escenas. Es su rollo. Vive en un rollo de éxtasis, no apto para todas las tías. Si tú no puedes llegar a eso, Harriet, no pasa nada. Pero no vayas por ahí provocando, fingiendo que lo estás deseando, para luego ponerte a gritar que te han violado. Pocos amigos vas a hacer así. —Sonrió y sus dientes se transformaron en una franja oscura que le atravesaba el semblante descolorido.

Se levantó, se estiró y ejercitó los dedos. Apagó la bombilla roja del techo. Al principio me quedé como ciega, pero luego tanto Roger como el resto de la habitación quedaron perfilados por una luz gris tenue procedente del tubo de televisión, brillante y vacío. También se vislumbraba un atisbo de la luz del alba, sofocada tras las cortinas cerradas. Roger fue hasta la ventana y descorrió una de ellas. Una luz tacaña se instaló en la habitación fría y destartalada. Tuve la esperanza de que apagara el aire acondicionado, pero no lo hizo.

—Tendremos que salir enseguida —masculló Roger para sus adentros—. Parece que va a volver a llover.

Se acercó a mí y vi que su torso inmaculado resplandecía y los vaqueros se le escurrían por las estrechas caderas. Se los ajustó tirando del pesado cinturón de cuero. Era más esbelto y más alto que la imagen mental que me había formado de él. Se sentó en el sillón reclinable y se puso el magnetófono en el regazo. Yo lo veía hacer, clavada en mi sitio a sus pies.

—Toma —dijo lanzándome un carrete de cinta marrón—. Cógelo. Un regalo para ti. Destruye las pruebas y aférrate a tu historia de que las cosas ocurren sin más; o, mejor todavía, haz como si no hubiese pasado nada. Y ahora, largo de aquí, la cinta y tú.

El carrete aterrizó a mi lado en la desgastada alfombra. No podía tocarlo. No podía usarlo. Se me pasó por la cabeza un detalle irrelevante y descabellado, a saber, que no podría reproducir la cinta con un abrelatas. Claude tenía un magnetófono. Roger tenía un magnetófono. Solo yo estaba afincada en un siglo muerto, sin nada. Pensé en el magnetófono que no tenía en la jaula cochambrosa del otro lado del pasillo. Me devané los sesos intentando recordar qué importancia tenía la cinta. Claro que aquello no era lo crucial. Lo vital era el cambio insoportable que se había operado en mi relación con Roger. Necesitaba tiempo para explicárselo.

—Lárgate de una vez —añadió Roger muy serio, con los brazos cruzados a la altura del pecho—. ¿Qué esperas, una escolta militar?

En lugar de tiempo, me estaba ganando un enemigo que me obligaba a marcharme. Apreté las piernas contra mi cuerpo y las abracé como para protegerme de un atropello.

—Por favor, Roger, vamos a hablar. No quiero hacer como si no hubiera pasado nada entre nosotros. He tenido más complicidad contigo en las últimas horas que en seis meses, que en un año; qué digo, que en cinco años. Vamos a hablarlo como dos adultos. No me estás escuchando —sollocé—. Por favor, no seas injusto.

Se produjo un silencio largo y me embargó una especie de frenesí, la certeza de que Roger no se dignaría darme una respuesta. A punto estuve de ponerme mala esperándola.

—Injusto —estalló—. Según tú, Harriet, ¿qué sería lo justo? ¿Que me pegase un tiro? ¿O te quedarías satisfecha si me tragase tu rollo irracional de la culpa? Supongamos que te pido perdón por haber estado contigo toda la noche ayudándote a hacer tus cosas y te doy mi palabra de honor de que nadie oirá jamás de mi boca que eres una guarrilla que no puede parar de pajearse. ¿Me dejarías en paz entonces?

—No digas eso —musité—. ¿Por qué estás tan cabreado conmigo?

—¿Que por qué estoy cabreado? —repitió con rencor—. ¿Debería tomarme con deportividad lo de ponerme al servicio de una paralítica, de una calamidad que irrumpe pidiendo ayuda a grito pelado y que, después de chuparme hasta la última gota de sangre, se pone a lanzar acusaciones incoherentes sobre mis intenciones?

No podía defenderme. Tanteé a ciegas el espacio que me habían asignado y localicé mis Marlboros. La cajetilla espachurrada parecía vacía, pero afortunadamente contenía dos cigarrillos aplastados. Encendí uno y con la primera inhalación mi corazón empezó a latir y una mano monstruosa se puso a zarandearme.

—Joder —protestó Roger, y detecté un deje de preocupación en su voz—. No me puedo creer esta escena de mierda que me estás endilgando. No lo soporto. Díctame mis frases, tesoro. No disfruto haciéndote daño. Sé que no eres responsable de tus alocados traumas, pero yo no soy de piedra. Te confieso, sin rodeos, que el funcionamiento de tu cerebro estirado es un misterio para mí. Dime lo que tengo que decir y lo diré. Palabra por palabra. Tal vez esté siendo injusto. Tal y como yo lo veo, aquí hay dos personas discutiendo. Una ha venido por su propio pie, la otra no, y la que ha venido porque ha querido no para de fastidiar. ¿Tanto odias haber venido?

—No.

—Mírame cuando me hables.

—No —repetí mirándolo a los ojos. A medida que la habitación se iluminaba su rostro se envejecía.

—Me alegra saberlo. ¿Te han ofendido mi compañía, el contacto conmigo, mi olor?

—No —dije al punto—. Por supuesto que no.

—Bueno, parece que esto va encarrilándose, aunque no me preguntes hacia dónde.

—Es por la cinta —dije en voz baja, sorteando con cautela su temperamento explosivo.

—Pero si te la he dado —repuso con un eco de exasperación—. Mira, ahí está, a tu lado, un regalo, invita la casa. Y ahora, ¿podemos por favor suspender este puto juicio?

El alba daba paso a la luz diurna. Experimenté lo que debe de sentir un condenado a la espera de su propia ejecución.

—Espera —rogué—. Basta. No es por la cinta. Por supuesto que la cinta me trae sin cuidado.

No pude seguir. En algún punto, cerca del centro del pecho, junto al corazón, sentí un dolor sordo y persistente que se intensificaba con cada respiración. Era extraño, como si una criatura independiente y malherida se hubiera establecido dentro de mis pulmones.

—Date prisa, Harriet, tienes toda mi atención. He malgastado una noche entera, pero no voy a concederte también el día.

—Ha sido la sorpresa. —Me dolía la cara del esfuerzo por mantener la cabeza derecha.

—¿Qué sorpresa? —quiso saber Roger.

—Si me hubieras contado lo que estabas haciendo mientras yo intentaba… —No fui capaz de completar el razonamiento, mucho menos su formulación. De nuevo, el inquilino indeseable que habitaba en mi pecho se retorcía presa de su agonía autónoma.

—Vamos a ver, para el carro, Harriet. Tú sabías lo que yo estaba haciendo. Me viste encender el aparato. —Se inclinó hacia delante con una expresión tensa por la rabia contenida.

—Eso no es verdad —protesté luchando contra un recuerdo vago.

—Nena —me advirtió en un tono sibilante de pura irritación—, estoy intentando entender qué es lo que te mortifica. Creo que estoy siendo extremadamente paciente, pero por las mentiras no paso.

—No te estoy mintiendo, Roger. Te lo juro, yo nunca miento.

—No, claro que no. Tú no mientes. Tú solo inventas. En tu mundo de fantasía, las cosas o bien ocurren o bien no ocurren, dependiendo de la versión que mejor se amolde a tu conveniencia. Estoy chalado, ¿verdad? ¿Eso es lo que me estás diciendo? ¿Que es todo producto de mi imaginación? ¿Que he soñado que me viste encender el aparato?

Un espejismo radiante pero vívido de Roger inclinado sobre el magnetófono refulgió entre nosotros.

—Pero eso fue mucho antes, cuando vino Libby —dije; los pocos jirones de indignación que me quedaban se transformaron en frustración y desesperación.

—¿Y pretendes afirmar que cuando te convertiste tú en la protagonista lo apagué?

—No no no —protesté—. Pero se me olvidó.

—¿Y por eso me estoy ganando un tercer grado? ¿Porque a ti se te olvidó? ¿Es esa la razón de este interrogatorio? ¿Que tienes la memoria de una niña de tres años? Venga, Harriet, contesta, ¿o es que te has quedado sin acusaciones paranoides?

—No puedo pensar cuando estás tan cabreado conmigo —dije con un hilo de voz aguda y desconocida para mí—. Lo que pasa es que yo creía que era algo privado, entre nosotros dos, y cuando Clarissa nombró a Victor… —Se me saltaron las lágrimas, incapaz de recordar por qué la felicitación de Clarissa me había afectado tanto—. Pensé que me moría.

—No te queda mucho para eso —replicó Roger furioso.

Comprendí entonces que nunca me perdonaría. Tenía solo un vaguísimo recuerdo de mi crimen, pero el veredicto de culpabilidad estaba claro. Roger se quedó muy quieto, observándome. Sentí las olas de su desdén rompiendo contra mí. No podía soportar su desprecio. Agaché la cabeza hasta las rodillas y dejé que las olas me tragaran. Fue un alivio hundirme. Oí los gritos frenéticos de una persona que se ahogaba, pero no levanté la cabeza para buscarla. Me hundí sin oponer resistencia. Unas manos poderosas me agarraron por las axilas y tiraron de mí hacia arriba. Mi salvador me sentó en su regazo. Me recosté contra su pecho, atragantada, con los pulmones a punto de estallar. Apoyó mi cabeza en el hueco de su cuello.

—Sácalo todo —me animó—. Desahógate.

Unos sollozos aprisionados me llenaron la garganta. Abrí mucho la boca para dejar paso a la criatura desconsolada que había dentro de mí.

—Bien, bien. —La voz firme de Roger me guiaba—. Deja salir los demonios.

Me dolía la mandíbula. Mi boca abierta casi se desencajó y de mi cuerpo salió un sonido espeluznante, inhumano. Siguió saliendo en un torrente interminable, como si lo que fuera se hubiera enroscado con fuerza alrededor de cada órgano. Arrancó de los intestinos, reptó por el estómago, se deslizó por los pulmones y huyó, dejándome sin aire. Mi cabeza cayó flácida contra el hombro de Roger y me convertí en parte del silencio de la habitación. Roger me acarició el pelo. Respiré su olor. Su piel olía ligeramente a amoniaco. Sentí cómo me recogía el pelo con cuidado detrás de las orejas.

—Ha sido fantástico —me susurró al oído—. Precioso, Harriet. Estoy orgulloso de ti.

No me hacía falta hablar. Me ovillé aún más en el regazo de Roger. Su rabia terrible se había esfumado. Era como recibir un indulto después de la ejecución.

—Pocas veces presenciamos una ruptura así, nunca por debajo de mil miligramos. —Me meció en sus brazos—. Nena, has sacado toda la porquería. Eres preciosa. —Me apartó de su pecho y me examinó el rostro. Me abrazó—. Percibo el cambio en tus facciones. Es fantástico. ¿Te encuentras mejor?

—Sí —dije; el aplauso de Roger me llenaba de satisfacción.

—Me alegro —dijo Roger—. Nena, siento que hayas tenido que pasar por tanto dolor para llegar hasta aquí, pero tienes toda una vida de sufrimiento de la que deshacerte. Tu capacidad para sufrir es la prueba de tu capacidad para experimentar júbilo. Dios —exclamó—, cuánto potencial. Unas pocas sesiones más como esta y te elevarías igual que un pájaro, igual que un pájaro magnífico y radiante que vuela alto. Lo sabía —dijo dando rienda suelta a su exaltación—, en cuanto pisaste la habitación. No estaba equivocado. Debajo de toda esa vergüenza, hostilidad, mentiras y agresiones hay una chica encantadora, vulnerable. ¿Cómo llegará a estar completa... —me sacudió con delicadeza— sin un hombre de verdad que la reciba? —Frotó con ternura sus nudillos contra mi mejilla.

—Roger —dije con cansancio—, por favor, llévame contigo. —No tenía argumentos, solo la necesidad de estar con él. Me incorporé recuperando el equilibrio encima del reposabrazos—. Tengo que estar contigo. —No podía imaginarme viviendo fuera de sus brazos.

Me acarició el muslo.

—Ya veremos, Harriet. Pronto volveré a Nueva York y los dos nos lo pensaremos.

—No no, yo no quiero pensarme nada. Me da miedo, tengo la corazonada de que, si nos separamos, será para siempre. Roger, tengo que estar contigo. No puedo quedarme sola. ¿Qué será de mí? —Me aferré a él con ansiedad.

—No insistas, Harriet, necesito tiempo para pensarlo. No puedo llevarte al Instituto obedeciendo a un impulso. A Victor no le haría ninguna gracia, y con razón. El Instituto es difícil, sobre todo para las chicas. Ellas son el corazón y las manos del Instituto. Hay que cocinar, ocuparse de la huerta, de la limpieza de las cabañas, y satisfacer con alegría todas las necesidades de los hombres.

—¿En qué otra cosa ha consistido mi vida? —clamé—. Solo que ahora lo haría todo con un objetivo. Roger, por favor, necesito aprender, quiero aprender. Llévame al Instituto.

—No —dijo—. No discutas mis decisiones. Ya te lo he dicho, lo comentaré con Victor. Si él se muestra de acuerdo, mandaré a alguien para que te recoja. Por eso necesitaba la cinta, nena, para convencer a Victor de que tienes madera para entrar en el Instituto. Debemos estar seguros de que estás preparada. Aquello no es un hotel del que puedes entrar y salir a tu antojo. Es un compromiso permanente. No —repitió con amargura—, no puedo asumir ese riesgo.

—Por favor, Roger, asúmelo. Dame una oportunidad. Me has dicho que necesito unas cuantas sesiones más. Yo quiero ser un pájaro. Quiero volar contigo.

—Mira, Harriet, no debería hacer promesas, pero allá va. Me fascina tu capacidad para abrirte, para liberarte de venenos. Le contaré todo esto a Victor, lo que sin duda aumentará tus posibilidades de unirte al Instituto.

Junté las manos a la altura de la cara.

—Ay, gracias, Roger.

—Relájate. —Roger me agarró las manos unidas—. Mi pobre nena, tan cansada. Has trabajado mucho esta noche. Te has ganado el descanso. —Me levantó de su regazo y se masajeó los muslos—. Eres una mujer muy muy hermosa —dijo en tono zalamero.

Me quedé muda frente a él, preguntándome si podría sobrevivir a su marcha.

Roger, con su sensibilidad asombrosa, comprendió mi conflicto.

—Te he hecho una promesa, Harriet. Confía en mí. Tienes unas posibilidades extraordinarias. Y ahora, andando. Se te va a coagular la sangre. A ver si encuentras mi camisa. Henny Penny la colgó en alguna parte.

Sentí como si tuviera que apartar la habitación de mi camino para moverme. Encontré una basta camisa blanca mexicana colgada por fuera de la puerta del armario.

—¿Es esta?

—Buena chica —dijo pasándosela por la cabeza. Se estremeció—. Hace frío aquí. ¿Tú no tienes frío?

—Creo que sí.

—Pues deja ya de torturarte. Apaga el aire acondicionado.

El aire acondicionado era una antigualla y examiné sus desconcertantes mandos y botones a la vez que la incertidumbre ascendía por mi columna. Lo desenchufé de la pared, frenética, y volví al trote junto a Roger. Se había acomodado de nuevo en el sillón reclinable y luchaba con un par de botas de ante. Me acuclillé y lo observé.

—Roger, yo te gusto de verdad, ¿a que sí?

—Nena, yo te quiero. —Apoyó el pie en el suelo con fuerza para calzarse la bota.

Aquello era lo que yo esperaba oír.

—Lo sé —dije en voz baja. Igual que había recibido el azote de las olas de su furia, ahora descansaba en el sosiego de su amor.

Me sonrió; su cara se veía demacrada por encima de la camisa blanca inmaculada.

—Demuéstrame lo servicial y obediente que puedes llegar a ser y despierta a Henny Penny, pero sin hacer ruido, no molestes a Clarissa.

Quise prolongar aquel momento de intimidad. Cogí mis Marlboros. Quedaba solo un pitillo, aplastado pero entero.

—No. —Roger me quitó el cigarrillo y lo hizo trizas—. No fumes.

Sentí un cosquilleo en los labios y un hormigueo en los dedos. No me quedaba más remedio que obedecer.

El picardías de Clarissa y los bongos de su novio yacían a los pies del sofá cama. Los rodeé en silencio. Clarissa dormía profundamente en brazos de su músico, con la cabeza apoyada en su hombro enjuto. No pude evitar fijarme en el feliz dúo que formaban y pensé en lo dulce que sería que los enterraran así, juntos, en un ataúd compartido.

No era fácil distinguir entre la Henny Penny despierta y la dormida. Salvo por los reflejos de sus párpados hinchados, su expresión permanecía inalterada. Se levantó sin un murmullo, completamente vestida con su arrugada minitúnica india. Se paseó por toda la habitación, atontada por el sueño.

Roger estaba ocupado susurrando algo al teléfono. Capté retazos de la conversación. «Heidi te quiere, tío», y «Claro, me acerco a Montreal sin problema», y, por último, «Te veo dentro de unas cinco horas».

—Larguémonos de aquí —dijo a nadie en concreto.

—¿No estás cansado para hacer un viaje tan largo? ¿Te preparo un café?

—Henny Penny me mantendrá espabilado.

Le dedicó una sonrisa tensa a su enana fiel, que estaba ocupada recogiendo sus pertenencias y revisando meticulosamente la habitación. Divisamos la cinta a la vez, pero yo me adelanté.

—Roger —dije sin aliento, tendiéndole el carrete—. No te olvides de la cinta.

La rehusó.

—Dásela a Henny Penny.

—¿No la perderá?

Sentí un arrebato de desconfianza hacia aquella mula ines-crutable. Iba cargada con una chaqueta vaquera, el pesado mag-netófono, una bolsa de lona y un sombrero de vaquero.

—Oye —dije con timidez—, si os acompañase y esperase en el coche mientras la dejas a ella con Victor, podríamos seguir juntos hasta Montreal. No me vas a creer si te digo lo mucho que me fascina Canadá.

Roger abrió la puerta. Íbamos los tres prácticamente de pun-tillas para no molestar a Clarissa.

—No te empeñes, Harriet. Ya te he dicho que mandaré a alguien a buscarte.

—Pero ¿cuándo? Ya sabes que solo estaré aquí hasta el 23. ¿Te lo he dicho ya? Después del 23 me iré, quién sabe adónde. ¿París? ¿Praga? ¿Roma?

Me embargaba la incertidumbre, mi histeria fue en aumen-to al oír el sonido del ascensor, que subía chirriando despacio hasta nuestra planta. Roger seguía pulsando el botón de bajar mientras observaba con impaciencia la flecha metálica. Habló sin mirarme:

—No salgas de tu habitación salvo para lo estrictamente necesario. Ni hables con extraños. —Bajó los ojos y me ful-minó con la mirada—. Y nunca, bajo ningún concepto, le menciones el Instituto a nadie.

Resultaba gratificante recibir órdenes. Mi confianza en Roger se volvió plena. Se metieron los dos en el cubículo, Roger le quitó el sombrero de vaquero a Henny Penny y se lo puso. Su cara desapareció bajo el ala ancha.

—No le diré ni una palabra a nadie —prometí a la vez que la puerta del ascensor se deslizaba entre nosotros e interrumpía nuestra despedida.

Era como si por mi celda hubiera pasado un yonqui enfurecido poniéndolo todo patas arriba, en cuyo caso solo cabía esperar que fuese alérgico al atún. Me tumbé en el catre desordenado, entumecida por el cansancio. Abrí una cajetilla nueva de Marlboro y me quedé mirando los círculos blancos y marrones. No albergaba pensamientos, solo una vaga conciencia de mí misma aguzando el oído y esperando.

Esta novela se terminó de imprimir
en abril de 2024, 75 años después de que
su autora se fuera a vivir a París tras la universidad.
Allí se unió a su amante, el novelista *beat* y heroinómano
Alexander Trocchi, y a la comunidad de escritores arruinados
que escribían para Olympia Press bajo el seudónimo de
Harriet Daimler. Owens nos deja esta malhablada
protagonista, todavía capaz de ofender a los
ofendibles y provocarnos carcajadas
a todos los demás.

*Voy a preguntarle a la madre de Huw si puede salir a jugar. ¿Puede Huw salir a jugar, oh, Reina del Lago Negro? No, no puede, está en la cama, que es donde deberías estar tú también, diablillo, en vez de ir por ahí armando jaleo a estas horas de la noche.*

En un pueblo minero de Gales, marcado por el hambre y la religión, el trabajo agotador y la Primera Guerra Mundial, pero también habitado por la magia y la naturaleza, las correrías del protagonista con sus amigos los introducen en el mundo de los adultos. El joven narrador nos ofrece una tierna mirada sobre ese entorno y sus acontecimientos mientras se dedica, casi a partes iguales, a su madre viuda y trastornada, a su mejor amigo Huw y al pan con mantequilla dondequiera que se encuentre. Lírica y visceral, cómica y trágica, terrenal y gótica, sesenta años después esta novela sigue eludiendo la clasificación.

Esta fue la única novela de Prichard y le valió un amplio reconocimiento. Su dura historia, oscura en algunos pasajes y en cierto modo autobiográfica, está impregnada de humor e iluminada por una prosa lírica que recuerda al realismo mágico. En 2014 fue elegida la mejor novela galesa de todos los tiempos.

*Una novela provocadora, sólida y absolutamente convincente.*
CHRIS ROSS, *The Guardian*

*Porque aquel ser me tenía cariño, y ser amado por un monstruo era la mejor de las protecciones contra el horrible mundo.*

El verano de 1969 parece interminable. A sus trece años, Michelino ya ha leído demasiados libros y pasa las vacaciones con sus abuelos, en una casa de campo donde un viejo sirviente, Felice, está perdiendo la memoria. El niño inventa un juego: poner en orden los recuerdos de este Hombre del Verdigrís, encarnación de miles de monstruos fantásticos, mediante ingeniosos dispositivos mnemotécnicos. Así se adentra en los orígenes secretos de Felice. ¿Es la víctima o el villano de su propia biografía? En ella se mezcla el misterio sobre la propiedad de esa casa con exiliados rusos, franceses que hablan bajo tierra, toneles de dudoso contenido y esqueletos con uniformes militares, mientras las babosas del jardín se convierten en feroces enemigos y centinelas.

*Verdigrís* injerta en la tradición de la novela de aventuras encarnada en Stevenson las obsesiones de Edgar Allan Poe para componer esta historia de una amistad improbable, el peligroso viaje de un niño que parte de los solitarios páramos de la literatura hacia un destino incierto.

*Si tuviera que dar un premio a un escritor italiano vivo, elegiría a Michele Mari.*

DOMENICO STARNONE